稲穂県ミドリ市花山町
柳が池
お化け屋敷
荒井陽子宅
榎本由美子宅
花山第二小学校
北校舎1階職員室
中校舎
1階図書室
3階音楽室
南校舎
3階6年1組
花山上町
妙蓮寺
花山三丁目
花山四丁目
小西邸
マコのアパート
探偵ばあさん
大井印刷
花山公園
安藤圭子宅
上野ミサエ宅
花山駅
アカツキ書
花山五丁目
交番
風月堂
土谷外科
田園
メルシー
フラワーコーポラス
花山西町
花
12月1日生まれで
血液AB型
ハチベエ
（八谷良平）
身長137cm・体重28kg
成績・
国1・算2・理3・
社2・音1・図2・
体5・家2・
趣味《しゅみ》・イタズラ、好きな色・赤
好きなたべもの　ビフテキ・ラーメン
家族㊫八谷勝平 40才（八谷商店
㊮八谷よね 38才 やおや経営）
住所・ミドリ市花山町1丁目7-38
TEL (22) 0011
（花山商店街）

ズッコケ
魔《ま》の異《い》郷《きょう》伝《でん》説《せつ》

那須正幹　作
前川かずお　原画
高橋信也　作画

はじめに

今からおよそ数万年《すうまんねん》の昔《むかし》、
日本列島《れっとう》は大陸と地続《じつづ》きだった。
ナウマンゾウや
オオツノシカがやってきて、
これを追って大陸から
人間が移《うつ》り住んできた。
約一万年前、
日本列島が今のかたちになるころ、
弓矢《ゆみや》や土器《どき》が発明されて、
人びとの暮《く》らしが大きく変化《へんか》する。
縄文時代《じょうもんじだい》の始まりである。

ズッコケ魔《ま》の異郷伝説《いきょうでんせつ》

▶作家・**那須正幹**（なすまさもと）

1942年、広島に生まれる。島根農科大学林学科卒業後、文筆生活に入る。主な作品に、ズッコケ三人組シリーズ「それいけズッコケ三人組」以下「ズッコケ発明狂時代」など50巻。「ねんどの神さま」「さぎ師たちの空」（路傍の石文学賞）「海賊モーガン」シリーズ「ヨースケくん」「お江戸の百太郎」シリーズ（日本児童文学者協会賞）「ズッコケ三人組のバック・トゥ・ザ・フューチャー」（野間児童文芸賞）「ズッコケシリーズ」（巌谷小波賞）「絵で読む広島の原爆」など多数。

▶原画・**前川かずお**（まえかわかずお）

1937年、大阪に生まれる。第11回小学館児童漫画賞受賞。漫画、絵本、さし絵の世界で活躍。さし絵に、那須氏とコンビによるズッコケ三人組シリーズ、絵本に「くものぴかごろう」「おにがわら」「ほしのこピコまちにくる」「おやこおばけ」「絵巻えほん川」「うさぎのとっぴん」「うさぎのとっぴんとゆきおとこ」「うさぎのとっぴんびっくりパンク」などがある。1993年、歿。

▶作画・**高橋信也**（たかはししんや）

1943年、東京に生まれる。東映動画に入社し、アニメーション映画の制作にたずさわる。現在、フリーのイラストレーターとして、絵本、さし絵に取り組む。作品に、「アニメむかしむかし絵本」シリーズなど。

ズッコケ 魔《ま》の異《い》郷《きょう》伝《でん》説《せつ》

那須正幹　作
前川かずお　原画
高橋信也　作画

花山第二小学校
六年一組
堀江理絵
田中裕司
加藤幸子
津川卓也
新村大吾
水本ゆかり
佐々木絵美
八谷良平
高橋ひとみ
長嶋崇
金田進
藤井理香
上野ミサエ
代々木真悟
市原弘子
皆本章
津川卓也
安藤圭子
1992

宅和源太郎先生
奥田三吉
後藤淳子
井上隆治
空席
清水学
安藤
高橋ケンジ
田代信彦
中森晋
伊藤綾
福山孝子
荒井
鈴木和代
榎本由美子
山中正太郎
新庄則夫
横谷慎太郎
斎藤元一郎
伊藤恵
三田村洋美
水島かお
尾崎浩
徳大寺邦光
前川かずお
福山素子
秋山幸子
仲野孝之
那須正幹

1　古代人《こだいじん》の生活体験《せいかつたいけん》

1

　ミドリ市《し》にある花山《はなやま》第二小学校の六年生は、毎年夏休みのはじめに宿泊訓練《しゅくはくくんれん》をすることになっている。二泊《はく》三日の日程《にってい》で、海辺や山のなかの施設《しせつ》に泊《と》まりこむのだ。

　以前《いぜん》は、ただキャンプをしたり海水浴《かいすいよく》をしたり、登山《とざん》するだけだったが、近ごろはなにか特別な体《たい》験学習《けんがくしゅう》をさせることになっている。

　たしかに最近の子どもというのは、日常生活《にちじょうせいかつ》の、ごく単純《たんじゅん》なことでさえ経験《けいけん》する機会《きかい》がない。たとえばマッチのすれない子どもが意外におおい。マッチ棒《ぼう》をどのようにこするのかがわからないし、火がついたとたん、びっくりしてマッチ棒《ぼう》を投《な》げだしてしまう子どももいるから、あぶなっかしくてしようがない。

近ごろのガスコンロも灯油《とうゆ》ヒーターも電子着火《でんしちゃっか》だし、たばこの火をマッチでつけるひともすくなくなった。いまやマッチは家庭《かてい》の常備品《じょうびひん》ではなくなりつつあるのだ。

しかし、やっぱりマッチのすりかたぐらいは、子どものうちにおぼえておいてもらいたいものだ。

と、いうようなわけで、花山《はなやま》第二小学校の宿泊訓練《しゅくはくくんれん》も、体育系《たいいくけい》から総合学習系《そうごうがくしゅうけい》にかわってきたのである。

ミドリ市《し》のある稲穂県《いなほけん》の北部にオープンした「県民《けんみん》の森《もり》 野外学習《やがいがくしゅう》センター」には、古《こ》代人《だいじん》の生活を体験《たいけん》できる施設《しせつ》がある。森のなかに縄文時代《じょうもんじだい》の住居《じゅうきょ》が復元《ふくげん》されていて、住居のなかには当時の生活用品《せいかつようひん》もそろっているから、これらをつかって、古代人と同じ暮《く》らしをすることができる。

六年生は歴史《れきし》を勉強しているので、古代人の生活を体験させるのは、人間生活《にんげんせいかつ》の原点《げんてん》の体験《たいけん》にもなるし、社会科の学習にもやくだつのではないかということから、今年《ことし》の宿泊訓《しゅくはくくん》練《れん》は「県民《けんみん》の森 野外学習センター」に決まった。

縄文時代《じょうもんじだい》というのは、今からおよそ一万年前から二千年前までの、約八千年間という気の遠くなるような長い年月をさす。

日本列島《れっとう》の気温は、一万年前あたりからすこしずつ暖《あたた》かくなってきた。それまで獣《けもの》を追《お》いかけて移動生活《いどうせいかつ》をしていた人びとが、一かしょに定住《ていじゅう》するようになった。弓矢《ゆみや》が発明《はつめい》され、手槍《てやり》や落《お》とし穴《あな》にたよっていた狩《か》りが、ずっとらくになってきたし、土器《どき》で食べものを煮炊《にた》きするようになってきた。木の実や草の実を採集《さいしゅう》するだけでなく、栽培《さいばい》することもおぼえたし網《あみ》をつかって漁《りょう》をすることもさかんになってきた。遠くの村人《むらびと》と物々交換《ぶつぶつこうかん》して、たりないものをおぎなうことも知った。

毛皮《けがわ》だけでなく布製《ぬのせい》の衣服《いふく》も着るようになり、土器もどんどんりっぱになってくる。いわゆる縄文土器《じょうもんどき》と呼《よ》ばれるものだ。

こうした暮《く》らしが八千年つづいたのち、大陸《たいりく》から稲《いね》をたずさえた人びとが日本列島にやってくる。彼《かれ》らは米作《こめづく》りのほかに、さまざまな文化を日本列島にもたらし、やがてクニと呼《よ》ばれる大集落《だいしゅうらく》をつくるようになる。これが弥生時代《やよいじだい》だ。

べつにここで歴史《れきし》の勉強をするひつようはないのだが、花山《はなやま》第二小学校の子どもたちがこれから体験《たいけん》する縄文時代《じょうもんじだい》というものを、読者《どくしゃ》もすこしは知っておいてほしい。

花山第二小学校の六年は四つのクラスにわかれている。一組の担任《たんにん》は、宅和源太郎《たくわげんたろう》という頭《あたま》の毛のうすいおじいさん先生だが、この先生、今回の体験学習《たいけんがくしゅう》にいちばん熱心《ねっしん》にとりくんでいる。

それというのも、そもそも子どもたちに縄文時代の生活をさせようといいだしたのは、この先生なのだ。

六年一組では、七月になると、さっそく縄文時代の生活について、事前学習《じぜんがくしゅう》を開始《かいし》した。その日の図工《ずこう》の時間は、それぞれが縄文土器《じょうもんどき》をつくることになっていた。

縄文土器といえば、火炎土器《かえんどき》というのが有名だ。縦長《たてなが》のつぼの上部《じょうぶ》に、まるで燃《も》えさかる炎《ほのお》のようなかたちをした飾《かざ》りとも、とっ手《て》ともつかぬものが突《つ》きだしている。巨大《きょだい》なものは高さ一メートルくらいのものさえあるが、こんな大きなものは、つくるのがたいへんだから、子どもたちがとりくんでいるのは、せいぜいコップか茶碗《ちゃわん》ていどの大きさだ。

「縄文土器《じょうもんどき》といっても、その地方地方で、いろんな特徴《とくちょう》がある。教科書《きょうかしょ》の写真や、ここに貼《は》りだした土器の絵を参考《さんこう》にしてつくりなさい。模様《もよう》のつけかたはわかっているな。粘土《ねんど》の表面に縄《なわ》や棒《ぼう》をころがしながらおしつけて、模様を写しとる。あるいはヘラの先《さき》で彫《ほ》りこんでいったり、おもしろいかたちのとっ手《て》をつけるのもいいだろう。いちどつけた模様を、ところどころ、こすって消《け》してあるのも縄文土器の特徴のひとつだね。」

宅和《たくわ》先生が、しゃべりながら子どもたちの机《つくえ》のあいだを歩きまわっている。と、先生の足がとまった。まどぎわの席にすわっている色のまっ黒けなちび少年が、いましも粘土をまんまるな玉にととのえているところだ。

「八谷《はちや》、おまえ、なにつくるつもりなんだ。」

「ええと、まだ、決めてないんです。とりあえずだんごにまるめて、それから二つに切ったらお碗《わん》が二つできるかなって……」

八谷と呼《よ》ばれた色黒ちび少年がこたえる。

「なるほど。しかし、お碗をつくるんだったら粘土を帯状《おびじょう》にのばして、これをぐるぐるか

さねてかたちをととのえるのが縄文土器《じょうもんどき》の一般的《いっぱんてき》作り方だからなあ。まずは細長いひもをつくりなさい。」

「はーい。」

八谷《はちや》少年、素直《すなお》に返事《へんじ》をするとボール状《じょう》の粘土《ねんど》を机《つくえ》の上で細長くのばしはじめた。が、先生が立ちさったとたんに、ぐちをこぼしはじめた。

「ちぇっ、めんどくさいなあ。だんごをまっ二つに切って、なかをヘラでえぐりゃあ、お碗《わん》ができるのにさ。昔《むかし》の人間だって、そっちのほうがかんたんだったんじゃないの。」

文句《もんく》をいいながら、力《ちから》まかせに粘土をころがしていく。たちまち粘土のひもが長くのびて、となりの机に侵入《しんにゅう》してしまった。

「ちょっと、ちょっと、八谷くん、粘土こねるのなら、自分の机の上だけにしてよね。」

となりの女の子が抗議《こうぎ》する。ちび少年は、にやりとわらうと、長い粘土ひもの一方《いっぽう》を持ちあげた。そして、女の子のほうにゆらゆらゆすりながら突《つ》きだした。

「ほうら、ほうら、いじわるいってると、へびちゃんが首《くび》にまきつきますよ。」

「やめてよ。気持ち悪い。」

女の子が腹《はら》だたしげな声をあげる。ちび少年はいよいよ調子《ちょうし》にのって、こんどはまえの席にすわっているめがねの女の子の首《くび》に粘土《ねんど》のひもをひっかけた。

女の子がけたたましい悲鳴《ひめい》をあげる。

「ハチベエ、やめなよ。」

見かねてうしろの席にすわっていたおおがらな男の子が注意《ちゅうい》した。そのとたんに、ちび少年はくるりとうしろをふりかえる。

「へっ、新村《にいむら》には関係《かんけい》ないだろ。おまえに文句《もんく》いわれるすじはないね。」

「ハチベエがさわぐとうるさいんだよ。勉強のじゃましないでほしいな。」

「よくいうよ。勉強なんていうがらか。」

ちび少年の右手が、男の子のまえにあった、つくりかけの土器《どき》をぴしゃりとたたきつぶした。

「ああ、やったなあ。」

男の子も負けてはいない。立ち上がりざま、粘土まみれの手でちび少年のかみの毛《け》をつかむ。たちまちふたりは、つかみ合いのけんかをはじめた。

「おまえら、なにやってるんだ。」

あわてて先生が駆《か》けつけたとき、ふたりの少年の顔《かお》も頭《あたま》も、粘土《ねんど》まみれになってしまっていた。

「おまえたち、社会科で勉強したはずだぞ。縄文時代《じょうもんじだい》にはいちども戦争《せんそう》がなかった。縄文人は平和主義者《へいわしゅぎしゃ》だったんだ。それが、なんだ。すこしは縄文人を見ならえ。」

先生の厳《きび》しいおしかりをうけて、ちび少年もようやく粘土細工《ねんどざいく》に身をいれはじめた。そして、図工の終わるころには、なんとかそれらしいお碗《わん》をつくることができた。

さいごに、お碗の表面にロープのきれっぱしをころがして模様《もよう》をいれる。

「きょうこしらえた土器《どき》は、合宿所《がっしゅくじょ》の庭《にわ》で野焼《のや》きという方法《ほうほう》で焼きあげて、食器《しょっき》としてつかうからな。まどぎわでかわかすあいだにこわしたりしないように。こわれると、合宿のあいだ、食器なしで食事をすることになるぞ。」

先生におどかされて、子どもたちは各自《かくじ》のつくった粘土細工を、おそるおそる教室のうしろの棚《たな》に安置《あんち》した。これらの土器は、夏休みまでのあいだ、しっかり自然乾燥《しぜんかんそう》させたのち、あらためて火で焼くことになっているのだ。

図工の時間も終わり、きょうの授業《じゅぎょう》は、これでおしまいになった。子どもたちはかばんを片手に教室をとびだす。

ちび少年も教室を出ると、階段《かいだん》のほうにむかうおおがらな少年に声をかけた。

「おーい、モーちゃん。いっしょに帰ろうぜ。」

どこもかしこもまんまるな子どもが、ゆっくりとふりかえる。

「ああ、ハチベエちゃんか。あのね、ぼくら、図書室《としょしつ》によって帰るから。」

「図書室……? あんなところに、なんの用があるんだ。」

「図書室といえば、読書《どくしょ》に決まってるだろ。」

となりにならんでいためがねの少年が、にこりともしないでこたえる。

「なんだ、ハカセもいたのか。影《かげ》がうすいからぜんぜん気がつかなかった。」

そのとき、モーちゃんと呼《よ》ばれたおおがらな少年が、まじまじとちび少年の顔《かお》を見つめた。

「ハチベエちゃん、どうしたの。顔に白い点々《てんてん》が、いっぱいついてるよ。」

「白い点々……」

ハチベエ少年、あわてて顔《かお》をぬぐったとたん、ぱらぱらと粘土《ねんど》のかけらがこぼれ落ちる。どうやらけんかのときに飛《と》びちった粘土が、いまだに顔や頭《あたま》にくっついていたらしい。

2

今年《ことし》の梅雨《つゆ》はほとんど雨が降《ふ》らない。六月の終わりころ一度大雨が降ったあとは、からから天気がつづいていた。

「ちっ、暑いなあ。合宿《がっしゅく》のときもこんなに暑かったら、いやだなあ。」

ハチベエが、ぎらぎら光っている太陽を見あげながらぐちをこぼすと、めがねの少年も細い目をいよいよ細くしながら、空を見あげた。図書室《としょしつ》で本を借りたあと、三人そろって校門を出たのである。

「県民《けんみん》の森《もり》のあたりは標高《ひょうこう》もあるから、けっこう涼《すず》しいんじゃないの。」

めがねの少年がいうと、まんまる少年も、こっくりうなずいた。

「親戚《しんせき》の家があの近くにあるんだけど、そんなに暑くないよ。夜寝《ね》るときだってタオルケットだけじゃあ、寒《さむ》いもの。」

「ふふん、そうか。そんなら、まあ、泊《と》まりに出かけても損《そん》はないな。」

ハチベエの感想《かんそう》に、めがね少年がいくぶん顔《かお》をしかめた。

「きみねえ、宿泊訓練《しゅくはくくんれん》は避暑《ひしょ》や保養《ほよう》じゃないんだよ。あくまでも勉強なんだから、暑《あつ》いとか寒いとかは関係《かんけい》ないんじゃないの。」

「そんなことあるもんか。せっかく金だして泊まるんだからよ。すこしはいい思いをしなくちゃあ。」

「それは無理《むり》だと思うなあ。今回の合宿《がっしゅく》は、縄文時代《じょうもんじだい》の体験《たいけん》だからね。現代人《げんだいじん》にとっては、あまり快適《かいてき》な環境《かんきょう》じゃないと思うよ。電気《でんき》もガスもないんだから。エアコンもないし、テレビもないし……。」

「えっ、テレビもないの。」

めがね少年のことばに、ハチベエがどんぐりまなこをぱちくりさせた。

「おい、冗談《じょうだん》だろ。テレビも見せてもらえないの。」

「あたりまえだろ。縄文時代にテレビなんてあるわけないもの。」

「ええと、アイスやコーラものめないのかなあ。」

まんまる少年も、しんこくな顔《かお》でおうかがいをたてる。

「まず、無理《むり》だね。きみたち『合宿《がっしゅく》のしおり』を読んでないの。古代人《こだいじん》住居《じゅうきょ》にはお菓子《かし》の持ちこみもできないって書いてあったろ。」

「おやつやデザートはなし……？」

「縄文人《じょうもんじん》のおやつを食べるんじゃないのかなあ。」

「へえ、縄文人のおやつって、どんなんだろう。おいしいのかなあ。」

まんまる少年が、いくぶん興味《きょうみ》をもったらしい。

「そうだな。たぶん果物《くだもの》じゃないかなあ。あるいはクッキー……。縄文人は、クッキーのようなものはつくっていたそうだからね。」

「そうか、スイカやブドウなんか食べられるかもね。縄文人のクッキーって、どんな味《あじ》がするんだろう。」

まんまる少年は、舌《した》なめずりをする。この少年、食べることにだけは異常《いじょう》な関心《かんしん》をしめすのだ。

「モーちゃんなら縄文時代《じょうもんじだい》でも弥生時代《やよいじだい》でも、だいじょうぶかもしれないけどよ。おれは、ごめんだなあ。テレビもゲームもない人生なんて、かんがえられないものなあ。ハカセだって、いやだろ。トイレもないし図書室《としょしつ》だってないんだから。」

ハチベエが同意《どうい》をもとめるようにめがね少年の顔《かお》をのぞきこむ。ハカセというのが彼《かれ》のニックネームなのだ。

「そうね。本がないというのはものたりないなあ。でも、トイレはあったんじゃないの。ただし、今のような洋式《ようしき》トイレじゃあないと思うけどね。たとえば小川の上に板《いた》をわたして、そこにしゃがんでするとか……。」

「ほんと……。合宿所《がっしゅくじょ》のトイレも縄文式《じょうもんしき》なの。」

モーちゃんと呼《よ》ばれた少年が、目をまるくした。

「ううん、そこまで徹底《てってい》してはいないと思うけどね。ただし、夜は竪穴式住居《たてあなしきじゅうきょ》に寝《ね》るみたいだよ。おそらくおおぜいでたき火《び》のまわりに雑魚寝《ざこね》をするんじゃないの。布団《ふとん》やベッドはなかったから、せいぜいわらかむしろの上に寝るんじゃないかなあ。」

「ふふん、けっこうおもしろそうじゃねえか。ロビンソン・クルーソーみたいなもんだな。」

「そう、無人島《むじんとう》にながされたような感じだね。」

「そんならテレビがないのはあたりまえだな。弓矢《ゆみや》でウサギとかイノシシを射《い》ったり、魚を釣《つ》って料理《りょうり》するんだな。へへ、けっこうおもしろくなってきたなあ。」

ハチベエの目が、しだいにかがやいてきた。三人のなかでは、彼《かれ》がいちばん古代人《こだいじん》の生活に適応《てきおう》できる能力《のうりょく》を持っているのかもしれない。

そのとき、ハカセが顔《かお》をくもらせた。

「そうか、縄文時代《じょうもんじだい》の生活をするとなると、めがねもはずすのかなあ。」

「あたりまえだろうが。めがねをかけた縄文人なんて、おかしいぜ。」

ハチベエがそくざにいいはなつ。

「どうしよう。ぼく、めがねはずしたら、なにも見えなくなるんだ。」

ハカセにとって、めがねは生活の必需品《ひつじゅひん》である。めがねなしでは、歩行《ほこう》さえままならないのだ。

「めがねはいいんじゃないの。だって、これって、社会科の勉強だろ。めがねがないと、

ハカセちゃん、勉強ができなくなるもの。」

モーちゃんのなぐさめのことばで、ハカセもすこしは気をとりなおした。

「そうだよねえ。ほんとうの縄文時代《じょうもんじだい》にもどるわけじゃないんだから。それくらいはおおめに見てもらわないとね。」

「だったら、おれもゲーム持っていこうかな。ゲームくらい、おおめに見てもらわないとなあ。」

ハチベエがいえば、

「ぼくも、お菓子《かし》持っていこうっと。縄文時代のおやつだけじゃあ心細いもの。」

モーちゃんも、すかさず宣言《せんげん》する。

やはり、現代人《げんだいじん》にとっては、なにからなにまで古代人《こだいじん》になりきるというのは、どだい無《む》理《り》なのかもしれない。

教室ではでなけんかをしていた色黒少年の名前は、八谷良平《はちやりょうへい》というが、友だちからはハチベエと呼《よ》ばれていた。やたらけんかっぱやいのと、おっちょこちょいで、女好《ず》きで、口が悪く、背《せ》が低いのをのぞけば、まあ、ごくふつうの小学生だ。

縄文人《じょうもんじん》のおやつに異常《いじょう》な関心《かんしん》をしめしていたモーちゃんこと奥田三吉《おくださんきち》は、体形《たいけい》どおり、性質《せいしつ》もごくごくまるく、クラスメイトの評判《ひょうばん》もよろしい。ただ、しょうしょうのんびりしすぎていること、やたら気が小さくて臆病《おくびょう》なところが、たまにきずだ。

縄文人に、いかにめがねをかけさせるかという問題《もんだい》になやんでいる少年の名前は、山中《やまなか》正太郎《しょうたろう》という。ニックネームがしめすとおり、なかなかの博学《はくがく》で、おそらく三人のなかで縄文時代《じょうもんじだい》なるものについていちおう理解《りかい》しているのは、この少年くらいなものだ。

もっとも勉強熱心《べんきょうねっしん》、研究熱心《けんきゅうねっしん》なわりに、学校の成績《せいせき》はいまひとつふるわない。

この三人、低学年のころからなんとなくくっつきあっているので、口の悪い連中《れんちゅう》からは、「ズッコケ三人組」などとかげ口《ぐち》をたたかれている。

こんなことは、わざわざ説明《せつめい》するひつようもないのだが、この三人が本編《ほんぺん》の主人公《しゅじんこう》なので、読者《どくしゃ》も、三人のプロフィルについては知っておいてほしい。

ハカセとモーちゃんの家は、花山団地《はなやまだんち》の市営《しえい》アパートにある。駅前商店街《えきまえしょうてんがい》の自宅《じたく》に帰るハチベエとわかれたふたりは、団地へつづく坂道《さかみち》をのぼりはじめた。

「ハカセちゃんは、どんな土器《どき》をつくったの。」

モーちゃんが思いだしたようにたずねた。

「ぼくは土偶《どぐう》をつくったんだ。」

「ドグウ……。そんな食器《しょっき》があったの。土《ど》びんのまちがいじゃないの。」

「土偶というのは食器じゃないよ。土でできた人形さ。遮光器土偶《しゃこうきどぐう》の写真が教科書《きょうかしょ》に載《の》っていたから、あれを参考《さんこう》にしてつくったんだけど、同じものをつくってもつまらないから、頭《あたま》をシカにしてみたんだ。動物をモデルにした土偶もあってもいいと思うんだなあ。」

「でも、それって、食器にならないから食事のときにこまるんじゃないの。」

「だいじょうぶだろ。あっちにいけば食器くらいあるさ。」

「ぼくは、大きなお茶碗《ちゃわん》にしたんだ。ごはんがたくさんはいるだろ。」

「きみねえ。縄文時代《じょうもんじだい》には、まだ稲作《いなさく》ははじまっていないからごはんはないんだよ。主食《しゅしょく》はドングリやトチの粉《こな》でつくったパンじゃないのかな。あるいはユリ根《ね》やヤマイモなんかだね。」

「ふうん、そうなの。でも、いいや。たくさんはいるほうが、なにかとべんりだもの。」

モーちゃんとしては、なんでもいいから、大量《たいりょう》にはいる食器がひつようなのである。

ふたりが、わが家への道をたどっているころ、ハチベエは、早くも花山駅前商店街《はなやまえきまえしょうてんがい》にとびこんでいた。距離的《きょりてき》には、花山団地《はなやまだんち》のほうがよほど近いのだが、なにぶん歩く速度《そくど》がちがう。ハカセやモーちゃんとわかれたとたん、いちもくさんに駆《か》けだして、あっというまにやお屋《や》を経営《けいえい》するわが家《や》の店《みせ》さきに帰りついていたのである。

べつに、早く帰ったからといって、いいことが待《ま》っているわけではない。ただ、彼《かれ》の性分《しょうぶん》として、移動《いどう》はつねに迅速《じんそく》におこなわなくては気がすまないのだ。

気温三十度ちかい炎天下《えんてんか》を全力疾走《ぜんりょくしっそう》すれば、とうぜん汗《あせ》まみれになる。おまけに顔《かお》や頭《あたま》には、いまだに粘土《ねんど》の粒《つぶ》がこびりついていたからたまらない。汗にとけた粘土が褐色《かっしょく》の筋《すじ》になって、黒い顔や鼻《はな》のよこを流れていた。

「おまえ、どうしたんだい。顔になにつけてるんだい。」

店番《みせばん》をしていた母親《ははおや》が、わが子の異様《いよう》な顔にたまげた声をあげた。

「ああ、ちょっとね。図工で粘土こねたからさ。あんまり熱心《ねっしん》につくったから粘土が顔にとんだんだよ。」

「粘土細工《ねんどざいく》っていうのは、手でこねるんじゃないのかい。顔や頭でこねるわけじゃないだろ。とにかく顔《かお》と頭《あたま》をあらってきな。」

母親《ははおや》にしりをたたかれて、ハチベエは、店のおくにある母屋《おもや》へと駆《か》けこんだ。

3

なんだかんだと、いろいろありながらも、時間は縄文時代《じょうもんじだい》と同じ速度《そくど》ですぎていき、ついに合宿《がっしゅく》の当日《とうじつ》がやってきた。

夏休み初日《しょにち》の七月二十一日、花山《はなやま》第二小学校の六年生たちは、午前《ごぜん》七時に校庭《こうてい》に集合《しゅうごう》。三十分後には四台の貸《か》し切《き》りバスに分乗《ぶんじょう》して、いちろ、県北《けんほく》の合宿所《がっしゅくじょ》にむかって出発した。

県北の松野市《まつのし》から、大きな川に沿《そ》って北上《ほくじょう》。蜂巣《はちす》ダムというダムのそばをぬけて、牛首《うしくび》山《やま》の西の谷をのぼりつめたところにひろがる高原が、「県民《けんみん》の森《もり》」だ。野外学習《やがいがくしゅう》センターは、この高原のはしっこにあった。

ミドリ市からバスにゆられること三時間、子どもたちは、やっとのことで学習センターの前庭《まえにわ》に到着《とうちゃく》した。

バスをおりたとたん、まわりの山からセミの大合唱《だいがっしょう》がきこえてきた。さすがに県民《けんみん》の森《もり》というだけあって、セミの数もはんぱじゃない。

正面には、学校の校舎《こうしゃ》ににたコンクリート造《づく》りの三階建ての建物《たてもの》がそびえている。

「ハカセ、縄文時代《じょうもんじだい》にもビルがあったのか。」

ハチベエが、さっそく質問《しつもん》する。

「あれは学習《がくしゅう》センターだよ。縄文時代の建物は、たぶんべつの場所《ばしょ》にあるんじゃないの。」

話しているところに、笛《ふえ》が鳴った。

「みんな、クラスごとに集合《しゅうごう》。いまからセンター長さんのお話があります。」

先生の声に、ワイシャツすがたの小男《こおとこ》がみんなのまえにあらわれた。

「花山《はなやま》第二小学校のみなさん、おはようございます。二泊《はく》三日のみじかいあいだですが、けがや病気《びょうき》をしないように、そして、いろんな体験《たいけん》や思い出をいっぱいリュックにつめこんでください。

バスの旅《たび》で、すこしくたびれたかと思いますが、みなさんには、さっそく縄文時代を体験してもらいます。」

センター長《ちょう》さんのあいさつが終わると、クラスの担任《たんにん》に連れられて、まずは正面の建物《たてもの》にはいった。

「いいかね。各自《かくじ》の荷物《にもつ》は合宿《がっしゅく》のあいだは、ここに保管《ほかん》しておきます。今からいうものだけをナップザックにつめて持っていくこと。下着《したぎ》、洗面用具《せんめんようぐ》、水着《みずぎ》とバスタオル、軍手《ぐんて》、雨具《あまぐ》、懐中電灯《かいちゅうでんとう》、筆記用具《ひっきようぐ》。あとは各自でひつような医薬品《いやくひん》だな。」

「虫よけスプレーや日焼《ひや》けどめクリームはいけないんですか。それからシャンプーやリンスはどうなんですか。」

女の子がたずねる。

「三日間おふろはない。入浴《にゅうよく》代《が》わりに川で水浴《みずあ》びをするだけだから、シャンプーやせっけんはいっさいつかえんぞ。日焼けどめクリームや虫よけスプレーは、まあ、いいだろう。」

「シャンプーしちゃあいけないの。ショックだわ。」

「せっけんで顔《かお》をあらわないと、気持ち悪いわ。」

先生の回答《かいとう》に女の子の不満《ふまん》の声があがったが、先生は知《し》らん顔《かお》をして、つぎなる指示《しじ》をだした。

「それから、各自《かくじ》で持ってきた縄文土器《じょうもんどき》。これをとりだして持ってくるように。」

子どもたちは、荷物《にもつ》のなかからひつようなものだけをナップザックにつめて、ふたたび前庭《まえにわ》に集合《しゅうごう》した。

と、前庭に異様《いよう》なすがたの男女が数人《すうにん》ほどたむろしていた。コーヒーや穀物《こくもつ》をいれる麻《あさ》袋《ぶくろ》のようなものを身にまとっているおとなたちだ。

宅和《たくわ》先生が、異様《いよう》な一団《いちだん》を紹介《しょうかい》してくれた。

「ここにいらっしゃるのは、インストラクターの先生たちだ。きょうから三日間、縄文時《じょうもんじ》代《だい》の生活について指導《しどう》してくださるから、先生の指示《しじ》にしたがうように。いいね。」

ずらりとならんだ八人ほどの異様な服装《ふくそう》の男女のなかから、ひげづらにめがねの中年男《ちゅうねんおとこ》がまえに出た。でっぷりとふとった、まるでクマのような大男だった。

「これから、みなさんに縄文時代にタイムスリップしてもらいます。みなさんも学校でならったように、縄文時代というのは自然環境《しぜんかんきょう》とみごとに調和《ちょうわ》した生活をしていた時代です。さいしょは、すこしとまどうこともあるかもしれませんし、ときにはあぶないこともな

いことはありません。われわれ縄文時代《じょうもんじだい》の人間のいうことをよくきいて、どうか楽しい生活をすごしてください。では、これからみなさんの村にご案内《あんない》しましょう。」

異様《いよう》な風体《ふうてい》の男女に案内されて、子どもたちは建物《たてもの》のうらてにむかった。

建物のうらては、広葉樹《こうようじゅ》の明るい林になっている。林のなかの小道《こみち》をすこし歩くと、林がひらけて、ちょっとした広場《ひろば》になっていた。広場のまわりに茅葺《かやぶ》きの大きな掘《ほ》ったて小《ご》屋《や》が二十ばかりたちならんでいる。

「ここが縄文村《じょうもんむら》です。あそこにならんでいるのが、今夜からみなさんの泊《と》まる家ですね。家の内部については、のちほど説明《せつめい》しますが、まずは、みなさんに縄文人に変身《へんしん》してもらいます。」

クマ男の声に、インストラクターたちが、広場のすみにあるダンボールの箱《はこ》をあけて、彼《かれ》らとおなじような麻《あさ》の服をつぎつぎと、子どもたちにくばりはじめた。

ハチベエも手わたされた服をひろげてみた。あらい布《ぬの》でできた服は、しごくかんたんなもので、一枚《まい》の布を半分に折《お》り、まんなかに頭《あたま》のはいる穴《あな》があるだけだ。これをかぶり、おなかのあたりを麻のロープでしばれば、それでできあがりだった。

「なんだか、ちくちくするねえ。」

モーちゃんが、おなかのあたりをかきむしっている。T《ティー》シャツの上からはおっているのだが、おなかをしばると麻《あさ》の繊維《せんい》がシャツの布地《ぬのじ》をとおして皮膚《ひふ》をしげきするのだ。

「ロープをもっと下におろせばいいんだよ。ズボンの上にゆるく巻《ま》けば、あまりちくちくしないよ。」

ハカセがアドバイスした。

「へんなにおいがしない。」

ハカセのとなりにいた、かわいらしい顔《かお》の女の子が、麻布《あさぬの》の袖口《そでぐち》のにおいをかいでは、しかめっつらをしている。

「この服、ぜんぜん洗濯《せんたく》してないんじゃないかしら。ほら、へんなものがくっついてるわよ。」

そばにいたショートカットの女の子が、すそのあたりについていた魚の小骨《こぼね》をつまみだした。

「せめて、女性用《じょせいよう》と男性用《だんせいよう》の違《ちが》いがあればいいいんだけど。」

わいわいいいながらも、なんとかみんなが、縄文人《じょうもんじん》のコスチュームをはおり終えた。縄文人に変身《へんしん》したところで、こんどは宿舎《しゅくしゃ》へとむかう。それぞれ男女にわかれて、十人ほどのグループごとに一つの家で寝泊《ねと》まりするのだ。

茅葺《かやぶ》きの屋根《やね》が地面までかぶさり、入り口は一かしょしかない。入り口にはドアはなく、むしろがぶらさがっているだけだ。

なかにはいると意外《いがい》にひろびろしていた。ただ、てんじょうの明かり取り以外《いがい》にはまどもないから、おもてからなかにはいったとたんは、まっ暗《くら》で、どこになにがあるのかわからない。

しかし、すぐに目がなれてきた。明かり取りだけでなく、茅葺きの屋根のあいだからも外の明かりがもれてきているらしく、だだっぴろい屋内《おくない》のようすが見てとれるようになった。

家の床《ゆか》は一段《だん》低くなっていて、ところどころに柱《はしら》が立っている。中央《ちゅうおう》に、大きな土器《どき》がおかれ、そのまわりに火をたいたあとがのこっている。周囲の床にも、さまざまな道具がおかれ、壁《かべ》には弓矢《ゆみや》や毛皮《けがわ》がつるされていた。

「ここの使いかたはのちほど説明《せつめい》します。これから、まず、きみたちが持ってきた土器《どき》を焼《や》きます。それがすんだら昼食《ちゅうしょく》にしますから、荷物《にもつ》のなかから軍手《ぐんて》とタオル、それに自分の土器だけ持って、さっきの広場《ひろば》に集合《しゅうごう》してください。」

みんなを案内《あんない》してきた、男のインストラクターがいった。

ハチベエはお碗《わん》、モーちゃんは特大《とくだい》の浅鉢《あさばち》、ハカセはシカの土偶《どぐう》をかかえて、うす暗《ぐら》い掘《ほ》ったて小屋《ごや》からとびだした。

いったん広場に集合したあと、林のなかの道のおくのほうにすすむ。と、そこは谷川が流れていて、川岸にちょっとした河原《かわら》があった。河原のあちこちにたき火《び》のあとがあった。

「これから土器を焼くんだが、そのまえに自己紹介《じこしょうかい》しておこうね。わたしはインストラクターの川原悦夫《かわはらえつお》といいます。これから三日間、みなさんのお世話《せわ》をしますから、よろしく。スタッフは、それぞれのクラスに男女二人ずついますから、のちほど自己紹介してもらいましょう。」

めがねのクマ男が、ハチベエたちに説明《せつめい》をはじめた。

「ところで、縄文人《じょうもんじん》たちは、自分たちのつくった土器を、たき火のなかにいれて焼きました。これを野焼《のや》きと呼《よ》んでいます。粘土《ねんど》の土器《どき》も、火で焼くと強くなり、水に溶《と》けることもなくなることを知っていたんだね。ただ、この焼きかただと、温度《おんど》もあまり高くならないから、きみたちの知っている陶器《とうき》や磁器《じき》ほどのかたさはないし、水をいれると外にしみだしてしまいます。」

川原《かわはら》さんは、そこでみんなを見まわした。

「野焼きをするには、まず、火をおこさないといけないねえ。縄文人《じょうもんじん》は、どのようにして火をおこしたんだろう。」

「はい。」

ハカセが、そくざに手をあげた。

「木をすりあわせて摩擦熱《まさつねつ》を利用《りよう》しました。」

「そのとおり。じつは、こういう器具《きぐ》を使用《しよう》して火をおこしたんだ。」

川原さんが、そばにおいてあったひらべったい板《いた》と、一本の竹《たけ》の棒《ぼう》をとりあげた。

「今回は時間がないので、スタッフたちがお手本《てほん》をしめします。夕《ゆう》ごはんをつくるときは、きみたちに実際《じっさい》にやってもらうからね。」

インストラクターのめんめんが、たき火《び》のそばにじんどって、火をおこしはじめた。ハチベエやハカセたちのグループは、川原《かわはら》さん自身が火をおこしてみせてくれた。

地面にすわりこんだ川原さんは、木の板《いた》のはしっこにならんでいるくぼみに、竹《たけ》の棒《ぼう》をたてると、きりをもむようにぐるぐる回転《かいてん》させはじめた。

「この杉板《すぎいた》はヒキリイタといって、この穴《あな》のことをヒキリウスといいます。こうしてきりもみしている棒をヒキリギネというんだ。竹のさきにウツギやアジサイの枝をさしこんである。」

話しているあいだにも、ヒキリギネの先端《せんたん》から、かすかに煙《けむり》がたちのぼりはじめ、こまかな黒い木《き》くずがヒキリウスのそばのV《ブイ》字状《じじょう》の切れこみにたまりはじめた。黒い粉《こな》が風が吹《ふ》くたびに白っぽくかがやく。どうやら火がついているらしい。やがて川原さんがヒキリイタをそっと持ちあげて、そばにあった綿《わた》くずのようなものの上に、黒い粉をうつし、そっと息を吹きかけた。すると綿くずがぱっと燃《も》えはじめた。まわりで息《いき》をつめて見まもっていた子どもたちから、歓声《かんせい》と拍手《はくしゅ》がおこった。

ヒキリギネをまわしはじめて、せいぜい一分もたっていないだろう。意外《いがい》と早く火がおこせるものだ。

4

火がおこったところで、いよいよみんなの持ってきた土器《どき》を焼《や》くことになった。インストラクターの指導《しどう》で、まずは河原《かわら》のあちこちのたき火《び》のあとに、土器を集めてならべる。そのまわりにまきを積《つ》みあげて、さっきおこした火種《ひだね》で点火《てんか》するのだ。

「おれ、もっとむつかしいことするのかと思ってたけど、ただのたき火じゃねえか。」

ハチベエが、いくぶん気ぬけしたような顔《かお》で、燃《も》えあがった火をながめた。

「あたし、五年生の夏休みに陶芸教室《とうげいきょうしつ》にいったんだけど、あのときは、ちゃんとした窯《かま》で焼いたわよ。」

そばにいた髪《かみ》の長い女の子が、たき火の煙《けむり》をさけるひょうしに、ハチベエのほうに顔をむけた。べつにハチベエに話しかけたわけではないが、顔がこっちをむいていたので、ハチベエは自分に話しかけられたものと理解《りかい》した。

「へえ、陽子《ようこ》は、焼《や》きものなんかに興味《きょうみ》があるのか。」

「けっこうおもしろいわよ。自分の好《す》きな絵をカップに描《か》いて焼くの。そうすれば、オリジナルのカップができるでしょ。今でもつかってるわよ。」

陽子と呼《よ》ばれた女の子が、つられて返事《へんじ》をした。

「こんども、なにか絵を描いたのか。」

「おさらの表面に花の絵を彫刻《ちょうこく》したの。うまく焼ければいいけど。」

「そうか。おれも、なにか描けばよかったかなあ。縄《なわ》をころがしただけじゃあ、つまんないよなあ。」

「でも、縄文土器《じょうもんどき》の特徴《とくちょう》は縄模様《なわもよう》なんだから、それで、いいんじゃないの。」

陽子が大きな目でハチベエをみつめた。

この少女、名前を荒井陽子《あらいようこ》といって、六年一組のかわいこちゃんナンバースリーのなかにはいるほどだ。ふだんは、ハチベエごときが気やすく話しかける機会《きかい》はなかなかないのだが、たまたま、たき火《び》でとなりあわせになったのが、さいわいだったのである。どうも、たき火というのは、人間をなごやかにする力があるらしい。

そのとき、川原《かわはら》さんが声をあげた。

「ええ、土器《どき》が焼《や》きあがるには、約《やく》一時間かかりますので、それまでに昼食《ちゅうしょく》の用意《ようい》をします。ほんらいなら、昼食の材料《ざいりょう》もみなさんが野山《のやま》で採集《さいしゅう》しなくてはならないのですが、時間がないので、こちらで用意しているものをつかってもらいます。」

ほかのインストラクターが、大きなびんや平たい板《いた》などを河原《かわら》にはこんできた。

「昼食は、木の実の粉《こな》でつくったおだんごです。まず木の実の粉を水でこねて、これに塩をまぜておだんごをつくります。これを笹《ささ》の葉《は》にくるんで、たき火《び》の灰《はい》のなかに埋《う》めます。そうするとおいしい木の実だんごのできあがりです。」

びんのなかには、なにやら茶色《ちゃいろ》の粉がはいっていた。これをべつの平鉢《ひらばち》にうつして、水と塩をまぜてこねまわすと、やがてねばりけのあるかたまりができる。これを板の上で適《てき》当《とう》な大きさにまるめて、河原の背後《はいご》にはえている大きな笹の葉でくるむ。くるんだ笹だんごをたき火のまわりの熱《あつ》い灰のなかに埋めておくのだ。

「いいかい。一人、二個《こ》ずつくらいになると思うからね。あんまり大きなおだんごをつくると、笹の葉でくるめなくなるよ。」

インストラクターの忠告《ちゅうこく》を無視《むし》して、どでかいだんごをつくった子どもは、笹《ささ》の葉《は》を三枚《まい》くらいつかって、なんとかおだんごをくるんでたき火《び》にくべた。

どでかいだんごをつくったのがだれなのかということは、いわなくてもわかるだろう。

やがてのこと、灰《はい》の表面《ひょうめん》にぽつぽつと穴《あな》があき、蒸気《じょうき》が噴《ふ》きだしてきた。なかのだんごが蒸《む》し焼《や》きになっている証拠《しょうこ》だ。あまり温度が高すぎると、表面の笹が焼《や》けこげてしまい、なかのだんごまでが黒焦《くろこ》げになってしまうこともあるらしい。

待《ま》つこと二十分。

「そろそろいいんじゃないのかな。笹の葉をはいで、なかのおだんごをたしかめてください。ぜんたいにいくぶん透明感《とうめいかん》があれば、なかまで火がとおっている証拠です。」

インストラクターの指示《しじ》で、みんなは各自《かくじ》のおだんごを火の外にかきだす。

笹の葉の外側《そとがわ》は茶色《ちゃいろ》に焼けていたが、内側《うちがわ》はあざやかな緑色《みどりいろ》をしている。そのなかに灰色がかったおもちみたいなものが、ほかほか湯気《ゆげ》をたてていた。

「ううん、おいしい……」

まっさきに、木の実だんごにかぶりついたモーちゃんがまんぞくそうな声をあげた。いくぶん焦《こ》げくさくはあるが、笹《ささ》の葉《は》のほのかな香《かお》りと、ほんのり甘辛《あまから》い味《あじ》がなんともいえない。木の実といっているが、いったいどんな木の実がはいっているのだろうか。

ハカセが質問《しつもん》すると川原《かわはら》さんは、

「ドングリとかトチの実、それにクリやクズ粉《こ》もはいっているよ。ドングリやトチは、あくぬきをしなくてはならないからけっこうたいへんだけどね。縄文時代《じょうもんじだい》の人たちも、これらの木の実を主食《しゅしょく》にしていたんじゃないのかな。」

甘《あま》みがあるのは、どうやらクリの実の粉《こな》がはいっているからだろう。

おなかがすいているせいもあって、木の実だんごは、子どもたちに好評《こうひょう》だったが、これだけでは、なんとなくものたりないのも事実《じじつ》だ。

すると、川原さんが、みんなの顔《かお》を見まわした。

「木の実だんごは、どうだったかな。さて、ごはんがすむとデザートが食べたくなるね。しかし、ここは縄文人《じょうもんじん》の世界だから、デザートも自分たちで見つけてこなくてはならないんだよ。じつは、このさきにキイチゴの木が何本かはえているから、デザートのほしいひとは、キイチゴを採《と》って食べてください。」

なるほど河原《かわら》の背後《はいご》のやぶのあちこちにキイチゴの木がはえていて、葉《は》っぱのかげに黄《き》色《いろ》の粒《つぶ》つぶのついた小さな房《ふさ》がみのっている。口にほうりこむと、甘《あま》ずっぱい汁《しる》が口のなかにひろがった。

キイチゴの葉っぱにはこまかなとげがあって、おくのほうの実を採《と》ろうとすると、むきだしの腕《うで》がちかちかする。それでも、みんなはさきをあらそってキイチゴをむしった。

「こんなおいしいものが、山のなかにあるなんて、知らなかったなあ。」

モーちゃんが、ぷちぷちはじける種《たね》の感触《かんしょく》を楽しみながら、おもわず顔《かお》をほころばせた。

「ぼく、自然《しぜん》になっている果物《くだもの》を、ちょくせつ口にいれたのはじめてだなあ。」

ハカセがかんがえぶかげにいった。

「昔《むかし》、近所《きんじょ》の柿《かき》の実をとって食べたことあるけど、近ごろはとったことないなあ。」

ハチベエのごとき悪《あく》たれ坊主《ぼうず》でさえ、最近では果物をちょくせつもぎとって食べるという機会《きかい》もなくなったのだ。

「縄文時代《じょうもんじだい》の人びとにとっては、ごくふつうだったんだろうねえ。」

「あのころは、やお屋《や》もなかったんじゃないの。」

ハチベエの家業《かぎょう》は、自然界《しぜんかい》の植物《しょくぶつ》を店頭《てんとう》にならべて売るのが商売《しょうばい》だから、縄文時代《じょうもんじだい》には、たぶん繁盛《はんじょう》しなかっただろう。

キイチゴを堪能《たんのう》したあとは、いよいよ野焼《のや》きの土器《どき》をとりだすことになった。

河原《かわら》のたき火《び》も、そろそろ燃料《ねんりょう》がつきて、うす青い煙《けむり》がかすかにたちのぼるだけになっていた。燃《も》えつきたたきぎのまんなかに灰《はい》をかぶった土器がならんでいる。ただ、高熱《こうねつ》をおびているので、とても素手《すで》でさわれる状態《じょうたい》ではない。

子どもたちは、土器の周囲《しゅうい》の焼《や》けぼっくいをとりのぞき、土器が冷《ひ》えるのを待《ま》って回収《かいしゅう》することにした。やがて、軍手《ぐんて》で持てるくらいの温度《おんど》になったので、それぞれ自分の土器を持ちあげて焼けぐあいを見ることになった。

粘土《ねんど》のときは、黄色《きいろ》っぽい色をしていたのが、たき火で焼いたあとは赤褐色《せきかっしょく》にかわり、ところどころ、黒っぽくなったり、はんたいに白っぽくなっているところもある。たたくと、いくぶん澄《す》んだ音がする。

「ああ、角《つの》がとれちゃってる。」

ハカセがなんとも悲《かな》しそうな声をあげた。見れば、からだは人間、頭《あたま》だけは動物のかたちをした人形の頭《あたま》のてっぺんに、ぽこんと二つのくぼみができていた。

「へえ、おもしろいものをつくったね。犬の土偶《どぐう》か。」

川原《かわはら》さんがのぞきこんだ。

「いいえ、ほんとはシカなんです。ここに二本、りっぱな角《つの》があったんだけど……。」

「小さな細工《さいく》はむずかしいからね。でも、いいじゃないか。それでも、動物に見えないこともないぞ。小屋《こや》の祭壇《さいだん》にかざっておいたらいいよ。ここで見つかった土偶も、動物の頭をかたどっているんだ。小屋にもレプリカがかざってあるし、ほんものはセンターに陳列《ちんれつ》してあるから、あとで見てごらん。」

5

焼《や》きあがった土器《どき》を持って、ふたたび掘《ほ》ったて小屋《ごや》へとひきかえした。

いよいよ竪穴式住居《たてあなしきじゅうきょ》での生活がはじまるらしい。それぞれの住居にもぐりこんだところで、インストラクターが説明《せつめい》をはじめた。

「縄文時代《じょうもんじだい》の住居《じゅうきょ》を竪穴式住居《たてあなしきじゅうきょ》と呼《よ》びます。このように、床《ゆか》はまわりの地面より一段《だん》低くなっています。中央《ちゅうおう》の石でかこった炉《ろ》は食事《しょくじ》のためだけでなく、冬の暖房《だんぼう》にもなりました。家のまんなかでたき火《び》をするというのは、そのほかに家屋《かおく》につく害虫《がいちゅう》を煙《けむり》でいぶしたり、ものをかわかすのにも利用《りよう》しました。あるいは燻製《くんせい》をつくるのにも役だちました。現在《げんざい》でも古い家にあったりするいろりも、古代《こだい》からの生活の知恵《ちえ》がいかされているわけですね。こんどは、周囲《しゅうい》を見まわしてください。

竪穴式住居の特徴《とくちょう》は、上部構造《じょうぶこうぞう》はすべて屋根《やね》だけで、壁《かべ》というものがありません。だから、中央はてんじょうが高いけれど、はしっこにいくほど低くなっています。低くなっているところを収納場所《しゅうのうばしょ》に利用していました。穀物《こくもつ》などの食糧《しょくりょう》を貯蔵《ちょぞう》したり、衣類《いるい》につかう布《ぬの》や毛皮《けがわ》をしまっておいたりもしましたし、おくのほうにあるような、神《かみ》さまをまつる祭《さい》壇《だん》もあったと思われます。」

川原《かわはら》さんがおくのほうの暗《くら》がりをあごでしめした。高さ一メートルほどの四角い石の柱がたててあり、そのまえのひらべったい石の上に、なにやら二十センチほどの土の人形がかざられて、そのまえに果物《くだもの》がそなえられていた。

「縄文時代《じょうもんじだい》の人びとが、どんな神《かみ》さまを信《しん》じていたのかは、よくわかりませんが、おそらく山や川や天候《てんこう》といった自然《しぜん》のなかに、神さまが存在《そんざい》すると思っていたにちがいありません。この土偶《どぐう》のように動物を神さまとしてあがめた可能性《かのうせい》もあります。」

なるほど、人形の頭《あたま》には大きな耳がついているところをみると、なにかの動物を表現《ひょうげん》しているようだ。ハカセも、自作《じさく》の土偶を、そのそばにかざった。

ひととおり室内《しつない》の説明《せつめい》をしたあと、こんどはここを利用《りよう》するための注意事項《ちゅういじこう》にうつった。

「みなさんは、きょうから三日間、ここで生活するわけですが、個人《こじん》の持ち物は、壁《かべ》のすみにきちんと整理整頓《せいりせいとん》しておくこと。ごみは、みんな自分で持ち帰ります。それからトイレですが……」

川原《かわはら》さんが、入り口のほうをふりかえった。

「こればっかりは、縄文時代《じょうもんじだい》のトイレではぐあいが悪いので、ちょっと遠いけれど、センターのトイレを利用してください。それから、洗面《せんめん》や手洗《てあら》いは、さっきの川ですませること。ただし、せっけんをつかったり歯《は》みがきをするひとは、センターの洗面所《せんめんじょ》を利用してください。夜寝《ね》るときは、床《ゆか》にござをしいて、その上で寝ます。今着ている縄文人《じょうもんじん》の服装《ふくそう》のままで寝《ね》てもかまいませんが、せなかがちくちくするかもしれないので、そのときはT《ティー》シャツとズボンで寝てください。ええと、なにか質問《しつもん》がありませんか。」

川原《かわはら》さんが男の子たちを見まわした。

「かけぶとんとか、毛布《もうふ》はつかわないんですか。」

めがねをかけたかしこそうな男の子が質問した。

この小屋《こや》のリーダーをつとめる、金田進《かねだすすむ》だ。

「たぶん、Tシャツだけですごせると思いますが、寒《さむ》かったら、そこに毛皮《けがわ》や布《ぬの》が何枚《なんまい》かおいてあるから、それを利用《りよう》すればいいよ。夜のことは、また説明《せつめい》するとして、これからの予定をいいますよ。これから石器《せっき》の使《つか》いかたや縄《なわ》の撚《よ》りかたなど、縄文人《じょうもんじん》の基本的《きほんてき》な生活を勉強します。

午後《ごご》一時半になったら、広場《ひろば》に集合《しゅうごう》します。それまでは室内《しつない》で自分の荷物《にもつ》を整理《せいり》したりして、ひと休みしていてください。」

川原さんはそういうと、ほかの住居《じゅうきょ》の子どもたちを指導《しどう》するために、せかせかと外に出ていった。

縄文時代《じょうもんじだい》に時計があったとは思えないが、ここでの生活も、やはり時間でくぎられているようだ。

この小屋《こや》に泊《と》まる十人は、みんな男子ばかりで女子はいない。先生やインストラクターも、ここには泊まらないようだ。

「竪穴式住居《たてあなしきじゅうきょ》っていうのは、けっこう涼《すず》しいもんだねえ。それに床《ゆか》もかわいてるなあ。」

ハカセが小屋のなかを歩きまわりながら、しきりに感心《かんしん》している。

「ハカセ、うろうろせずにすわってろよ。」

たき火《び》のそばに腰《こし》をおろしていた新村大吾《にいむらだいご》というおおがらな男の子が文句《もんく》をいった。この少年、三週間《しゅうかん》前の図工の時間にも、ハチベエに文句をいった子どもだ。この少年、なにかにつけて他人《たにん》に注意《ちゅうい》するのが好《す》きな性質《せいしつ》らしい。

「いいじゃねえか、うろうろしても。おまえの家でもないのに、大きな口をたたくな。」

と、なにかにつけてトラブルの好きなハチベエがそくざに反論《はんろん》する。

「目のまえをうろつかれたら、いらつくんだよ。今は休み時間なんだからよ。すわって休んでればいいじゃないか。」

新村《にいむら》少年も負《ま》けてはいない。

「ハカセは歩きながら休んでるんだから、いいじゃねえか。それともなにか、休み時間は、地べたにすわらなくちゃあならないって、法律《ほうりつ》でもあるのか。おまえ、学校の休み時間に、ずっとすわってるのかよ。」

ハチベエには、土器《どき》をこわされたうらみがある。大吾《だいご》は休み時間を中止して立ちあがった。

「ハチベエ、おまえ、やる気か……」

そのとき、めがねの金田進《かねだすすむ》が、時計を見ながら立ちあがった。

「ええとさあ。そろそろ一時半になるから、集合《しゅうごう》しなくちゃあ。みんな、おもてにいこうぜ。」

リーダーの進としては、小屋《こや》のなかでとっくみあいをはじめられてはこまるのだ。

進のことばで、大吾もふくれっつらをしながらも、そのまま小屋の入り口にむかう。ハチベエのほうは、まるでなにごともなかったように、そばのモーちゃんに話しかけていた。彼《かれ》にしてみれば、今のようなささいなもめごとはしょっちゅうだから、いちいち気にしていては生きていけない。

おもてに出ると、ほかの子どもたちも、三々五々《さんさんごご》、広場《ひろば》にあつまりはじめていた。女の子の集団のなかに、荒井陽子《あらいようこ》がいるのを見つけたハチベエが、そくざにモーちゃんをほったらかして駆《か》けだした。

「陽子、おまえの小屋《こや》は、どこだ。」

「あたしたちはそこの小屋なんだけどね。こんなところに泊《と》まるの気味《きみ》悪いわね。夜、顔《かお》をあらいにいくのこわいわ。」

「おれが、ついていってやるよ。」

「けっこうです。あんたにこられると、ますます気味悪いもの。」

そばにいたショートカットの女の子が、陽子にかわってこたえる。安藤圭子《あんどうけいこ》という、かわいらしい少女だが、なにぶん口が悪いのでハチベエのにがてとする存在《そんざい》だった。

「あら、八谷《はちや》くんでも、いないよりはましなんじゃないの。いちおう男性《だんせい》なんだから。」

圭子の反対側《はんたいがわ》にいた、純日本的《じゅんにほんてき》な美女がわらいながらいった。榎本由美子《えのもとゆみこ》という、これまたクラスのかわいこちゃんトリオのひとりなのだ。

「だいじょうぶよ。みんなでいっしょにいけば、こわくないわよ。」

圭子《けいこ》は、だんこ男性同行《だんせいどうこう》を拒否《きょひ》する。

「圭子ならひとりでじゅうぶんさ。でもなあ、このあたりは夜になると、オオカミやクマが出るかもしれないぞ。」

ハチベエとしては、このさい山のなかがいかに危険《きけん》であるかを女性《じょせい》たちに知らせておきたい。

「だめだめ、いいかげんなことといって、おどかそうとしてもだめよ。」

圭子がわらいだしたとき、ハチベエのうしろで、えへんというせきばらいがきこえた。

「オオカミは現在《げんざい》日本にはいないからだいじょうぶだけれど、クマのほうは可能性《かのうせい》がないこともないと思うな。最近中国山地《さいきんちゅうごくさんち》では、クマの被害《ひがい》がふえているからね。人間の集落《しゅうらく》にも出没《しゅつぼつ》するらしいよ。」

いつのまにかハカセが、ハチベエのそばに立っていた。

ハチベエの脅《おど》し文句《もんく》には、さほど反応《はんのう》をしめさなかった女性たちも、ハカセのことばには、いくぶん顔《かお》を見あわせた。

「あら、いやだ。クマが出るの。クマって人間をおそったりしないんじゃないの。」

「このあたりにすんでいるツキノワグマは、元来《がんらい》はおとなしいといわれているんだけどね。でも、親子連《おやこづ》れとか、とつぜん出会ったりすると、攻撃《こうげき》してくるみたいだね。だから、もし夜中に出歩くなら、なにか音をたてたり、にぎやかにしていたほうがいいな。そうすればクマのほうも人間の存在《そんざい》を察知《さっち》するからね。」

「だったら、八谷《はちや》くんがいたほうがいいかもね。この子がいれば、にぎやかだもの。」

「にぎやかすぎて、うるさいわよ。」

「だからいいんじゃないの。クマのほうも、うんざりするんじゃないの。」

陽子《ようこ》が結論《けつろん》をだすように、ハチベエの顔《かお》を見つめた。

「あたしたち、夜寝《ね》るまえに洗顔《せんがん》しなくちゃあいけないの。洗顔クリームなんかつかうから、センターの洗面所《せんめんじょ》までいかないといけないのよ。そのときは、ついてきてくれる。」

「八谷くんひとりじゃあ、心細いなあ。山中《やまなか》くんもね。」

「奥田《おくだ》くんもいたほうがいいんじゃないの。あの子のほうがおいしそうだから、クマも、よろこぶんじゃないかしら。やせっぽちやおちびちゃんよりも、ふっくらしてたほうが食《しょく》欲《よく》をそそると思うんだけど。」

三人の美少女《びしょうじょ》たちは、かってなことをいいつつ、広場《ひろば》のほうへと移動《いどう》していく。

理由《りゆう》はどうあれ、女の子たちとお近づきになれたことで、ハチベエは大満足《だいまんぞく》していた。

「ハカセ、ありがとよ。おまえがうまいことといってくれたおかげで、今夜《こんや》デートできることになったぞ。」

「べつにきみのために発言《はつげん》したつもりはないけどねえ。日本にオオカミがいるなんてうそを訂正《ていせい》したかっただけさ。」

ハカセは、汗《あせ》でずりさがっためがねを指でおしあげながら、気のない返事《へんじ》をした。

広場の中央《ちゅうおう》では、インストラクターや先生たちがあつまって、ダンボールのなかから杉《すぎ》板《いた》などをとりだしていた。午後《ごご》のメニューは、たしか火《ひ》おこし道具《どうぐ》の製作《せいさく》からだった。

2　真夜中《まよなか》の大異変《だいいへん》

1

午後《ごご》のメニューは縄文時代《じょうもんじだい》の道具《どうぐ》づくりと使《つか》いかただ。まずは火《ひ》おこし道具《どうぐ》をつくった。

杉板《すぎいた》のはしっこにV《ブイ》の字状《じじょう》のきざみをつけて、その先端部分《せんたんぶぶん》にくぼみをつければヒキリイタのできあがりだ。こんどは、竹《たけ》の棒《ぼう》のさきに乾燥《かんそう》したウツギのみじかい枝をさしこんでたこ糸でしばりつける。これがヒキリギネだ。

道具が完成《かんせい》したところで、じっさいに火をおこしてみることになった。午前《ごぜん》ちゅう、インストラクターがやったように、きりをもむようにヒキリギネを両手《りょうて》でまわすのだが、なかなかうまくいかない。

「さいしょはヒキリウスのくぼみが浅《あさ》いから、うまくひっかからないかもしれない。そのうちくぼみが深《ふか》くなるから、うまくいくようになるよ。」

インストラクターにはげまされてまわしているうちに、ようやくうすい煙《けむり》がたちのぼり、くぼみから黒い粉《こな》があふれはじめた。これをあらかじめ用意《ようい》してあった綿《わた》くずをいれた容《よう》器《き》にうつして、そっと息《いき》を吹《ふ》きかけると、ぽっと炎《ほのお》が燃《も》えあがった。

火《ひ》おこし道具《どうぐ》は、合宿《がっしゅく》ちゅうになんどかつかうことになるそうだ。

火のおこしかたをマスターしたあとは、弓矢《ゆみや》をつくり、それがすむと、こんどはあらかじめ用意されていた石斧《せきふ》で、立ち木を切《き》りたおしてまきづくりに挑戦《ちょうせん》したが、これはかなり技術《ぎじゅつ》がひつようなようだ。斧《おの》をまよこに木の幹《みき》にうちこんでもはじきとばされる。幹のまわりを順番《じゅんばん》にななめにうちこんで、なんとか木を切りたおすことができた。

石器体験《せっきたいけん》を終えると、こんどは縄《なわ》づくりが待《ま》っていた。

「縄文時代《じょうもんじだい》の特徴《とくちょう》は、植物《しょくぶつ》や動物の繊維《せんい》を撚《よ》ってひもをつくることをおぼえたことにあります。これによって布《ぬの》を織《お》ることもできるし、網《あみ》で魚をつかまえることもできるようになったんですね。」

インストラクターたちは、しきりに縄《なわ》の偉大《いだい》な効用《こうよう》を説明《せつめい》してくれたが、子どもたちには、これまたかなりめんどうくさい作業《さぎょう》だ。

本来《ほんらい》は、植物《しょくぶつ》のつるなどを利用するのだろうが、手にはいりにくいので稲《いな》わらをつかって縄をなうのだ。あらかじめやわらかくした二筋《すじ》のわらの束《たば》を両《りょう》てのひらでもみながら、たがいに撚《よ》りあわせていくのだが、たちまちてのひらが熱《あつ》くなってくる。

火《ひ》おこしや斧《おの》をふりまわして、いいかげん手がいたくなっているところに、またしても力のいる手作業《てさぎょう》をさせられているのだ。現代《げんだい》の子どもたちには、ハードなメニューといえるだろう。

「ハカセちゃん、足の指がいたくならない。」

地べたにすわり、足の指にわらをひっかけて、縄をないながら、モーちゃんが自分の足の先《さき》をのぞきこんで、ため息《いき》をついている。縄をなうときは、くつをぬいで足の親指《おやゆび》とひとさし指《ゆび》のあいだにわらをひっかけておくのだ。

「昔《むかし》のひとは、げたやぞうりをはいていたから、親指とひとさし指のあいだに、ものをひっかけるのになれていたからねえ。でも、ぼくらはあまりげたやぞうりをはかないから、指のあいだの皮膚《ひふ》がよわいんだろうな。」

となりにすわりこんでいたハカセも、ときおり赤くなった足の指やてのひらをさすっている。

「ぼく、縄文時代《じょうもんじだい》がだんだんいやになってきたよ。」

「それも、案外今回《あんがいこんかい》の合宿《がっしゅく》の目的《もくてき》じゃないの。現代人《げんだいじん》は文明《ぶんめい》のありがたさをわすれてるからね。こうした原始生活《げんしせいかつ》を体験《たいけん》することで、文明の貴《とうと》さをあらためて知ることができるんだよ。」

「ぼく、もうじゅうぶんわかったよ。縄文時代に生まれてなくてよかったって。」

モーちゃんが、またしても深いため息《いき》をついたとき、川原《かわはら》さんの声がした。

「みなさん、縄《なわ》ができましたか。それでは、自分で撚《よ》った縄を腰《こし》にまいてください。このベルトは今回の体験学習《たいけんがくしゅう》のおみやげにします。」

「こんな縄もって帰って、なににするんだよ。燃《も》えるごみにだすだけじゃねえか。」

ハチベエがぶつぶつ文句《もんく》をいいながらも、それでも自分のコスチュームの上から、自作《じさく》

の縄《なわ》をまきつけた。

「縄づくりもすんだので、こんどは魚捕《さかなと》りをします。水着《みずぎ》に着がえてきてください。」

川原《かわはら》さんの声に、子どもたちのあいだから歓声《かんせい》があがった。暑い日《ひ》ざしの下の重労働《じゅうろうどう》で汗《あせ》まみれになっていたから、水にはいれるときいただけで、生きかえった気がする。

いったん住居《じゅうきょ》にもどり、水着に着がえて広場《ひろば》にもどると、インストラクターたちが、手に手にぶさいくな漁網《ぎょもう》をかかえて立っていた。

「これはつる草《くさ》でつくった漁網です。縄文人《じょうもんじん》たちは、こんな網《あみ》で魚をつかまえていたんだね。きみたちもこの網で魚をつかまえてもらいます。つかまえた魚で今夜の夕食をつくるから、みんながんばってくださーい。」

網の目はかなりあらく、よほどの大魚《たいぎょ》でなければ網にかかりそうもない。あんな網で魚がとれるものだろうか。

インストラクターの先生たちが、網を持って河原《かわら》に出た。

野焼《のや》きをした場所《ばしょ》からすこし上流《じょうりゅう》にすすむと、川の上手《かみて》と下手《しもて》がしきられた場所があった。

「ほんとうは、自然《しぜん》の川で漁《りょう》をしてもらいたいんだけど、もし、魚がとれないとこまるか

らね。みなさんには、このいけすにいる魚をとってもらうことにしました。今から、先生たちがお手本《てほん》をしめしますから、みなさんも、あのようにして魚をつかまえてください。」

川原《かわはら》さんのことばに、四人ばかりの先生が川にはいりこんだ。ふたりが網《あみ》の両端《りょうはし》を持って川の中央《ちゅうおう》に立つ。と、残りのふたりが上流《じょうりゅう》から魚を追《お》いあげていく。魚が網にはいりこんだところで網を両側《りょうがわ》からつつみこむようにして、水面にあげると網の上に三十センチばかりの銀色《ぎんいろ》をした魚がはねていた。

「すげえ。ニジマスだぜ。」

ルアー釣《づ》りを趣味《しゅみ》としているハチベエが、感嘆《かんたん》の声をあげた。

「ほんとだ。バター焼《や》きにするとおいしいんだよね。」

モーちゃんも、舌《した》なめずりをする。

「縄文時代《じょうもんじだい》の日本にニジマスがいたとは思えないけどなあ。」

ハカセだけが首《くび》をかしげている。

「網はぜんぶで十組《くみ》しかありませんから、交代《こうたい》でつかってね。それから魚はひとり一ぴきずつですから、つかまえたひとは川からあがってください。」

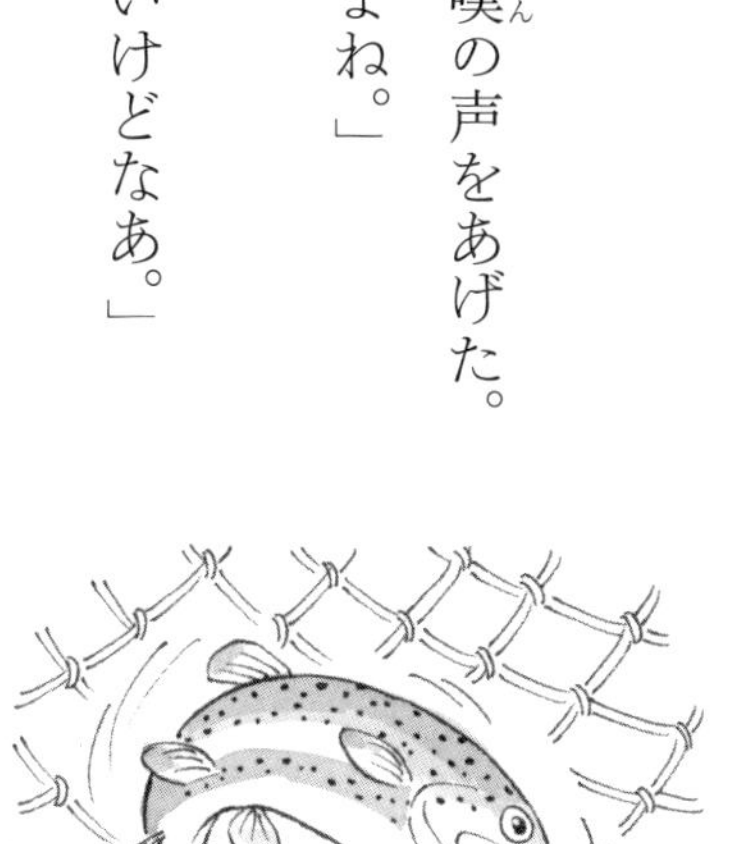

女性《じょせい》のインストラクターがしきりに注意《ちゅうい》をうながしているが、子どもたちは、ほとんどきいていない。たがいに網《あみ》をひっぱりっこをしたり、手づかみで魚を追《お》いかけているものもいる。なかには、さいしょから漁業《ぎょぎょう》を放棄《ほうき》して、水浴《みずあ》びに興《きょう》じるものもいた。

ハチベエはすばやく網を確保《かくほ》して、金田進《かねだすすむ》に反対側《はんたいがわ》を持たせ、ハカセとモーちゃんに魚を追わせた。川は、せいぜいひざまでの深さしかないので、水中を泳ぐ魚のすがたがありありと見える。

「ハカセ、なにしてるんだよ。しっかり追わないと網のほうによってこないぞ。」

「モーちゃんのバカ。ぼけっとしてるから、魚が逃《に》げたじゃないか。」

ハチベエが、声をからして指示《しじ》するのだが、ニジマスだってつかまるのはいやだから、なかなか網のなかへはいってこない。やっと一ぴきが、網のなかにとびこんできた。ハチベエがすかさず水のなかに手を突《つ》っこんで魚をつかみあげた。

しかし、魚はするりとハチベエの手をのがれて、となりで漁《りょう》をしていた新村大吾《にいむらだいご》の網のそばに着水《ちゃくすい》した。

「おっと、一ぴき、ゲット……。」

大吾《だいご》がすばやく網《あみ》ですくいあげて、獲物《えもの》を確保《かくほ》した。

「ああ、それ、おれのだぞ。」

ハチベエは顔《かお》をまっ赤《か》にして抗議《こうぎ》する。

「なに、寝《ね》ぼけたことといってるんだよ。おまえがへたくそだから逃《に》げたんじゃねえか。」

大吾がニジマスの胴体《どうたい》をがっちりにぎってせせらわらう。

「これは、でかいなあ。」

大吾がしきりに尾《お》っぽをふっている巨大《きょだい》なニジマスを、ハチベエの鼻《はな》さきに持っていく。

「一ぴきつかまえたくらいで、大きな顔《かお》するんじゃねえよ。おい、おれたちは二、三びきまとめてつかまえるぞ。」

ハチベエ、鼻息《はないき》あらく水のなかを歩きだした。

「ハチベエくん、ぼくらが魚を追《お》うよりも、網で魚を岸に追いあげたほうが効率《こうりつ》がいいんじゃないの。」

ハカセが提案《ていあん》した。

「なるほど、おまえらをたよったのはまちがいだな。進《すすむ》、あそこの岸まで追いこむぞ。」

ハチベエと進《すすむ》は網《あみ》をひろげたまま、上手《かみて》まですすんでいった。上流《じょうりゅう》には魚が逃《に》げないように川はばいっぱいにネットが張《は》ってあった。子どもたちに追《お》われた魚が、ネットのつけねにある大きなくぼみにあつまっている。ハチベエと進が、そろりそろりと網を動かしてくぼみの入り口を網でかこんでしまったので、逃《に》げ場《ば》をうしなった魚たちが右往左往《うおうさおう》しはじめた。

「金田《かねだ》、逃《に》がすなよ。おい、ハカセ、モーちゃん、ぼやぼやするな。魚をつかまえろ。」

ふたりが網でふさいでいるあいだに、ハカセとモーちゃんがなかの魚をつぎつぎと手づかみにしては、岸にほうり上げる。たちまち十ぴきほどの魚が砂浜《すなはま》でおどりはじめた。

「まあ、大漁《たいりょう》じゃないの。うまい、うまい。魚はたき火《び》のところにはこんでね。はい、まだ網をつかってないひと……。」

そばにやってきたインストラクターのお姉さんが、ハチベエの手から網をとりあげてしまった。ハチベエとしては、いますこし魚をつかまえたいところだが、いたしかたなく漁業《ぎょぎょう》を放棄《ほうき》して、水泳を楽しむことにした。

やがてのこと、川魚漁《かわうおりょう》も終了《しゅうりょう》し、いよいよつかまえた魚を料理《りょうり》することになった。

石の包丁《ほうちょう》で魚の腹《はら》を切りひらいて内臓《ないぞう》をとりだすのだが、ふだんやりつけたことがないので、みんな四苦八苦《しくはっく》している。ただ、石の包丁の切《き》れ味《あじ》は意外《いがい》によかった。

なんとか内臓をとりだし、そのあと塩《しお》をすりこんで、木の枝にさして、たき火《び》のまわりに立てる。

そのあいだに、インストラクターたちが、たき火のそばにいろいろな食材《しょくざい》をはこんできた。

「今夜《こんや》の夕飯《ゆうはん》は豪華《ごうか》だよ。まずみんなのつかまえた魚の塩焼《しおや》きと、イノシシの肉《にく》を焼《や》いて食べます。縄文人《じょうもんじん》は、燻製《くんせい》や塩漬《しおづ》けなど、さまざまな方法で肉を保存《ほぞん》していたようです。今回は塩漬けの肉をつかいます。それから主食《しゅしょく》はサトイモをゆでます。」

魚はたき火の火で焼くのだが、イノシシの肉は石焼《いしや》きという方法《ほうほう》で焼くのだそうだ。河原《かわら》からひらべったい石をひろってきて、これをたき火のなかでじゅうぶんに熱《ねっ》しておいて、その上に肉をのっけて焼くのだ。石を鉄板《てっぱん》がわりにつかうわけだ。

スタッフが大きな土器《どき》をたき火のまんなかにすえた。なかには水につけたサトイモがはいっていた。

2

夏の太陽が西の山すそにかくれるころ、たき火《び》のまんなかにすえられた土器《どき》のなかのサトイモも、やわらかくなった。

そのころには、たき火のなかにいれておいたひらべったい石もじゅうぶん焼《や》けていて、肉《にく》をのせたとたん、ジュージューと脂《あぶら》をしたたらせはじめた。たき火のまわりに突《つ》きさしていた串刺《くしざ》しのニジマスも、こんがりと焼きあがっている。

ゆでたサトイモは、スタッフが木製《もくせい》のおたまですくって、みんなの皿《さら》に分配《ぶんぱい》してくれた。食事でつかう食器《しょっき》は、ちゃんとセンターが用意《ようい》してくれていたが、みんなは自作《じさく》の土器をつかいたがった。

「サトイモには、このお味噌《みそ》をぬって食べるとおいしいわよ。これは縄文味噌《じょうもんみそ》といってドングリからつくるの。」

サトイモのそばに、なにやら褐色《かっしょく》のかたまりをそえてくれた。なめてみると、なるほど塩辛《しおから》いが、とても味噌《みそ》といえるしろものではない。やはり味噌は大豆《だいず》からつくるほうがいい。

石の上で焼《や》いたイノシシの肉《にく》は、いくぶん煙《けむり》くさかったが、けっこうおいしかったし、塩焼《しおや》きのニジマスもなかなかうまい。

「ごはんがあればいいのにねえ。」

ゆでたサトイモを木の枝でつくった箸《はし》でつまみながら、モーちゃんがぐちをこぼす。

「弥生時代体験《やよいじだいたいけん》だったら、ごはんも食べられたんだけどなあ。」

焼けこげて、目玉のとびだしたニジマスの頭《あたま》を気味悪《きみわる》げにながめながら、ハカセもほっとため息《いき》をつく。

そのときインストラクターたちが、またしても大きなつぼをかかえてきた。

「みんなのどがかわいたろう。縄文特製《じょうもんとくせい》のジュースがあります。食事《しょくじ》のすんだひとは、うつわを持ってとりにきてください。」

「縄文時代《じょうもんじだい》にもジュースがあったんだな。」

ハチベエは、食べかけのニジマスをたき火《び》のなかにほうりこむと、いそいそと自作《じさく》の土《ど》

器《き》をかかえてスタッフのほうにむかった。

「山ブドウでつくったジュースだからね。ひとり一ぱいずつです。おかわりはありませんよ。」

コップについでもらった赤黒い液体《えきたい》を、おそるおそる舌《した》のさきであじわってみた。けっこう甘《あま》いジュースだったが、のみこんだあと、強い渋《しぶ》みが口のなかにのこった。

スタッフにいわれなくても、おかわりをする気にはなれない。やがて、縄文時代《じょうもんじだい》の豪華《ごうか》な夕食《ゆうしょく》も終わった。

日はすでにしずみ、東の空に明るい満月《まんげつ》がのぼっていた。合宿所《がっしゅくじょ》にきて以来《いらい》、子どもたちをほとんどインストラクターにまかせていた宅和《たくわ》先生が、やおら立ちあがった。

「ええ、本日《ほんじつ》の学習《がくしゅう》は、これでいちおうおしまいです。みんなは、これから各自《かくじ》の竪穴式《たてあなしき》住居《じゅうきょ》に泊《と》まることになるので、もういちど連絡事項《れんらくじこう》をいっておくよ。まず、住居の中央《ちゅうおう》にあるいろりに火をたきつけます。火種《ひだね》は火おこしの道具《どうぐ》をつかうこと。たきつけはひろまつくったたきぎとか、林に落ちている小枝《こえだ》をあつめてください。ただし、あんまりはでに燃《も》やすと、小屋《こや》に燃えうつるから気をつけてな。

たき火《び》は、寝《ね》るまえに灰《はい》をかけておくこと。けっして水をかけないこと。これは各住居《かくじゅうきょ》のリーダーが責任《せきにん》を持ってやってください。

寝るときは、住居のすみにつんであるござを床《ゆか》にしいて寝てください。服装《ふくそう》はそのままでもよいし、縄文人《じょうもんじん》の衣装《いしょう》をぬいでもかまいません。寒《さむ》いひとは毛皮《けがわ》などをかけてもよろしい。

それから体調《たいちょう》が悪くなったり、なにか緊急《きんきゅう》の事態《じたい》がおこったときは、先生たちは、センターにいちばん近い住居に泊《と》まっているので、そこにきてください。ここだけは入り口にライトがともっているからわかると思う。トイレや夜寝るまえの洗面《せんめん》は、めんどうがらずにセンター一階《かい》の洗面所《せんめんじょ》を使用《しよう》すること。立ちションはせんようにな。顔《かお》をあらうだけなら、そこの川であらってもいいが、歯《は》みがき粉《こ》やせっけんをつかう場合《ばあい》は、かならずセンターの洗面所をつかうこと。

あしたの朝は、六時起床《きしょう》。ええ、なにか質問《しつもん》は……」

「懐中電灯《かいちゅうでんとう》は、つかってもいいんですか。」

子どものなかから声があがった。

「ううん、できるだけつかわないほうがいいが、夜中《よなか》にトイレにいくときとか、そういう場合《ばあい》は、しかたがないな。」

宅和《たくわ》先生がこたえたとき、川原《かわはら》さんが口をひらいた。

「今夜《こんや》は月が明るいので、たぶん懐中電灯《かいちゅうでんとう》はひつようないと思うよ。それから夜になると、広場《ひろば》のまわりにキツネやタヌキが出てくるから、興味《きょうみ》のあるひとは、林のなかにかくれて観察《かんさつ》してみてください。」

長い一日が終わり、子どもたちは、やっとのことでそれぞれの宿舎《しゅくしゃ》にはいることができた。

中央《ちゅうおう》の炉《ろ》に、みんなでひろってきたたきぎをほうりこみ、リーダーの金田進《かねだすすむ》が自作《じさく》の火《ひ》おこし道具《どうぐ》で火をおこした。炎《ほのお》がたちのぼると小屋《こや》のなかが明るくなった。

「あああ、なんか、くたびれたなあ。」

金田進は、いちはやくたき火《び》のそばにござをしいて、ごろりとよこになった。

「まだ初日《しょにち》だぜ。あと二日もあるんだもんなあ。」

新村大吾《にいむらだいご》も田代信彦《たしろのぶひこ》のそばにすわりこむ。

「あしたの朝も縄文食《じょうもんしょく》だろう。ぼくはお茶漬《ちゃづ》け食べたいんだけどねえ。」

ハカセがため息《いき》をついた。

「おれは、家のラーメン。醤油味《しょうゆあじ》のあっさりしたのが食《く》いたいなあ。」

となりの中森晋助《なかもりしんすけ》が、わが家《や》の商品《しょうひん》をなつかしがる。彼《かれ》の家はラーメン屋《や》なのだ。

そのとき、モーちゃんは小屋《こや》のすみに腰《こし》をおろし、自分のナップザックをだいていたが、晋助のラーメンということばに、どきりとした。

じつは彼のナップザックには、ひそかにしのばせたお菓子《かし》とともに、カップめんも二つばかりはいっていたのである。

しかし、これは、いざというときの非常食《ひじょうしょく》だから、今とりだすわけにはいかない。

そのとき、ハチベエがぴょんと立ちあがった。

「よう、よう。みんな、もうお休みか。さっき川原《かわはら》さんがいってたじゃないか。このあたりは夜になるとキツネやタヌキが出るんだってよ。せっかくひるまに弓矢《ゆみや》つくったんだから、狩《か》りにいこうぜ。」

「ハチベエ、おまえ、まじかよ。」

晋助《しんすけ》が目をぱちくりさせる。

「だって、おれたちは縄文時代《じょうもんじだい》の人間なんだろ。狩《か》りをしてもいいんじゃないの。」

ハチベエが、小屋《こや》のめんめんを見まわした。

「そりゃあ、まあ、そうかもしれないけどさ。おれたちの弓矢《ゆみや》で、うまくあたるかなあ。」

「でも、ちょっとおもしろそうだからいってみようか。」

リーダーの進《すすむ》が興味《きょうみ》をしめしはじめると、狩りに同行《どうこう》したいともうしでる子もあらわれた。

ハチベエは、ハカセとモーちゃんをふりかえる。

「おまえらは当然《とうぜん》いくよなあ。」

「いく、いく。野生動物《やせいどうぶつ》の観察《かんさつ》はしようと思っていたんだ。」

ハカセはきがるに立ちあがったが、モーちゃんは、ザックをかかえたまま、もじもじしている。

「かわいそうだよ。キツネやタヌキを殺《ころ》すんだろ。」

気のやさしいモーちゃんには、動物虐待《どうぶつぎゃくたい》の趣味《しゅみ》はない。

ハチベエが、すばやくモーちゃんの耳もとに口をよせた。

「バーカ、キツネやタヌキなんかは、進《すすむ》たちにまかせときゃあいいんだ。おれたちの真《しん》の目的は、女子の小屋《こや》にいくことなんだぞ。」

「女子の小屋……?」

「そう。ひるま、陽子《ようこ》にたのまれたんだよ。寝《ね》るまえにセンターの洗面所《せんめんじょ》にいくから、つきあってくれって。だからよ、いちおう弓矢《ゆみや》で武装《ぶそう》していったほうが、かっこいいじゃねえか。」

どうやらハチベエの弓矢は、獲物《えもの》を狩《か》るためではなく、女性《じょせい》を狩るためのアクセサリーらしい。

「なんだ、そうなの。だったらお菓子《かし》もっていこうか。なにかおみやげがあったほうがいいだろ。」

モーちゃんがナップザックをポンとたたいた。

「おまえ、気がきくなあ。じつは、おれも、トランプ持ってきたんだ。」

ハチベエも、にんまりとほくそえんだ。

3

小屋《こや》の外は、ハチベエさえ息《いき》をのむような幻想的《げんそうてき》な世界《せかい》だった。青い月の光が周囲《しゅうい》の林を照《て》らし、うっそうとした木《き》ぎの葉《は》が銀色《ぎんいろ》にかがやいている。川のほうから、なんとも美しい音色《ねいろ》がきこえてくる。

「カジカガエルだね。」

博学《はくがく》のハカセが、すぐに解説《かいせつ》してくれた。

ほかの住居《じゅうきょ》からも子どもたちが三々五々《さんさんごご》でてきて、あたりの景色《けしき》をながめたり、なかには林のおくにはいっていくものもいた。彼《かれ》らも動物ウォッチングをするつもりらしい。

「ぼくらは河原《かわら》のほうにいってみよう。夕《ゆう》ごはんを食べたところで、残飯《ざんぱん》をあさっている可能性《かのうせい》があるだろ。」

進《すすむ》が小腰《こごし》をかがめながら、河原のほうに歩きはじめるとほかの連中《れんちゅう》もうしろにしたがう。みんなについていきかけたモーちゃんとハカセのせなかを、ハチベエが無言《むごん》でつついた。

そして、無言《むごん》のまま進《すすむ》たちとは反対の方向に歩きだす。彼《かれ》のゆくてには女性《じょせい》たちの住居《じゅうきょ》があった。

女性の住居の入り口にも、二、三人の女の子たちがたたずんでいた。

「こんばんはー。」

ハチベエが愛想《あいそ》よく声をかける。

「あんたたち、狩《か》りでもするつもり。」

弓矢《ゆみや》をたずさえたハチベエのすがたに、女の子のひとりがたずねた。

「夜中に出歩くのは危険《きけん》だからな。念《ねん》のため、持ってきたんだ。このへんはクマも出るらしいからよ。」

「ほんと……?」

後藤淳子《ごとうじゅんこ》というおおがらな女の子が、まゆをひそめる。

「いやだー。キツネやタヌキだけじゃないの。小屋《こや》のなかにクマがはいってきたら、どうすればいいのよ。」

「へいき、へいき。おれが弓矢で追《お》いはらってやるよ。」

淳子《じゅんこ》をおおいにこわがらせておいて、ハチベエ、するりと女子の小屋《こや》にはいりこんだ。

たき火《び》のまわりに荒井陽子《あらいようこ》や榎本由美子《えのもとゆみこ》、それに安藤圭子《あんどうけいこ》のめんめんがすわっていた。

「ここは女子の寝室《しんしつ》よ。なにしにきたの。」

圭子がうさんくささうに、ハチベエをにらむ。

「おまえら、ひるまにたのんだじゃないか。夜中に洗面所《せんめんじょ》にいくときは、ついてきてくれって。」

「まだ、はやいわよ。用があるときは呼《よ》びにいくわ。」

「いいじゃないか。せっかくきてやったんだからさ。おまえらもはいってこいよ。」

小屋のなかにはいろうか、どうしようかとまよっているモーちゃんとハカセを、小屋のなかに呼びいれながら、ハチベエは強引《ごういん》に女性《じょせい》たちのあいだにわりこんだ。

「ほんとにずうずうしいんだから……。」

圭子はぶつぶつ文句《もんく》をいっているが、ほかの女の子たちは、

「いいじゃないの。どうせ寝《ね》るまえにセンターまでいくんだから。男の子がついてきてくれたほうが心強いわ。」

「それより、動物を見にいきたいんだけど、つきあってよ。」

ハチベエたちの来訪《らいほう》を歓迎《かんげい》してくれた。

「今はほかの連中《れんちゅう》がうろついてるから、動物たちも警戒《けいかい》して出てこないと思うよ。もうすこしして、みんなが小屋《こや》にもどったころに出かけたほうがいいと思うね。」

ハカセが、時計《とけい》を見ながらいった。

「じゃあ、それまでトランプでもしようぜ。モーちゃん、おまえ、お菓子《かし》もってきたんだろ、早くだせよ。」

ハチベエが、さっそくズボンのポケットからトランプをとりだすと、モーちゃんもかかえてきたナップザックから、ポテトチップスのふくろをとりだす。

「お菓子なら、あたしたちもないしょで持ってきてるわよ。どうぞ、めしあがれ。」

女性《じょせい》たちが、魔法《まほう》のようにさまざまなお菓子の包《つつ》みを持ちだしてきた。

ちろちろ燃《も》えるたき火《び》のあかりをたよりに、ひとしきりお菓子を食べてトランプやおしゃべりで時《とき》をすごしているうちに、小屋の外が静かになってきた。さっきまで子どもたちの足音《あしおと》や、話し声がきこえていたのだが、それもきこえなくなった。どうやら動物ウォッチングのめんめんもひきあげたようだ。

「そろそろ動物観察《どうぶつかんさつ》に出かけようか。」

ハカセが時計《とけい》を見た。もう九時をすぎている。

「だったら、ついでに顔《かお》をあらいにいきましょうよ。」

榎本由美子《えのもとゆみこ》がみんなを見まわした。

「そうね。髪《かみ》をあらいたいわね。」

陽子《ようこ》が立ちあがった。この小屋《こや》にいるのは、女性《じょせい》ばかり十人だ。これだけの人数《にんずう》が洗面《せんめん》所《じょ》にむらがれば、かなりの時間がかかるだろう。

「ようし、そんならいくぞ。」

ハチベエは、入り口にたてかけておいた弓矢《ゆみや》を取りあげると、小屋の外に出た。

月はまだ頭上《ずじょう》でかがやいているので、あたりは、まさに真昼《まひる》のように明るい。

林のほうから、キョッ、キョッ、キョッという、鳥とも動物ともわからない鳴き声がきこえてくる。

「あれはヨダカの声だね。」

ハカセが、ふたたび解説《かいせつ》した。

「ふうん、あれがヨタカの鳴き声なの。あたし、『よだかの星《ほし》』っていう、お話よんだことあるわ。」

上野《うえの》ミサエという文学少女《ぶんがくしょうじょ》が、なんどもうなずきながら耳をかたむける。

「どうする。まず、動物を見つける？」

ハカセが女性たちにたずねた。

「動物はあとでいいんじゃないの。あたし、さきにトイレにいきたいわ。」

後藤淳子《ごとうじゅんこ》が足踏《あしぶ》みしながらこたえた。

「なら、さきにセンターだな。」

ハチベエが、合宿《がっしゅく》センターのある方向へ歩きだした。

林のなかの小道《こみち》には、ところどころに街灯《がいとう》がともっているので、まようことはない。ものの二百メートルも歩くと、前方《ぜんぽう》に灰色《はいいろ》の建物《たてもの》が見えてきた。二階《かい》から上のへやは暗《くら》かったが、一階《かい》のまどはこうこうと電気がついている。建物のよこてをまわって正面に出ると、玄関《げんかん》やロビーにもあかりがついていた。

洗面所《せんめんじょ》は、入り口の右手の廊下《ろうか》のおくにある。

女性《じょせい》たちが洗面《せんめん》やトイレをすませるあいだ、ハチベエたちは、入り口のロビーで待《ま》つことにした。ロビーの壁《かべ》ぎわには陳列《ちんれつ》ケースがならんでいて、さまざまな古代《こだい》の出土品《しゅつどひん》がおさまっていた。

「へえ、ぼくらが泊《と》まっている小屋《こや》のあたりでも、縄文時代《じょうもんじだい》の住居跡《じゅうきょあと》が見つかっているんだね。」

陳列ケースをのぞきこんでいたハカセが声をあげたので、モーちゃんとハチベエもそばによっていった。

「見てごらんよ。竪穴式住居《たてあなしきじゅうきょ》のあとが十かしょも発掘《はっくつ》されたんだ。」

「じゃあ、あの場所は、ほんとにひとが住んでたんだねえ。」

モーちゃんも感心《かんしん》したように、ケースのなかの出土品をながめまわした。

「ほら、ぼくらの小屋においてあるのとおなじ土偶《どぐう》も出土《しゅつど》してるよ。川原《かわはら》さんがいってたのは、これなんだな。」

ケースのなかに、高さ二十センチばかりの不思議《ふしぎ》なかたちの人形が陳列されていた。そういえば、これとそっくりの人形が小屋《こや》のすみにまつられていた。

ハカセやハチベエがとなりのケースに移動《いどう》したあとも、モーちゃんは、ひとりで人形に見いっていた。

どうやら女の人形らしい。まんまるなおなかの上に、大きなオッパイがふたつくっついている。顔《かお》は人間以外《いがい》の動物をかたどったものらしいが、ただのまるい土のかたまりに、耳が突《つ》きだしていて、目のあたりによこにならんだ二つの穴《あな》があいているだけなので、動物の種類《しゅるい》はわからない。

赤黒い奇妙《きみょう》な人形は、白い石膏《せっこう》で修理《しゅうり》がしてあった。おそらく発掘《はっくつ》されたときにはこわれていたのだろう。

「ふうん、これが縄文人《じょうもんじん》の神《かみ》さまなのね。」

モーちゃんのよこで声がした。いつのまにか陽子《ようこ》がならんで立っていた。長い髪《かみ》からいいにおいがするところをみると、洗顔《せんがん》だけでなく、髪もあらったのかもしれない。

ふと、モーちゃんは小さな声をあげた。

陳列《ちんれつ》ケースのなかの土偶《どぐう》が、かすかにみじろぎしたような気がしたのだ。

まさか……。

あらためてながめたが、土偶《どぐう》はじっと立っているだけだ。

モーちゃんは陽子《ようこ》にふりむいた。陽子も、大きな目で、じっと土偶を見つめている。

「荒井《あらい》さん、気がつかなかった。今、人形がむくむくっと、うごきだしたような気がしたんだけど。」

陽子はモーちゃんの問《と》いかけにも、まるで反応《はんのう》しない。ただただ土偶の顔《かお》を見つめているばかりだ。

「荒井さん……。」

モーちゃんがふたたび呼《よ》びかけたとたん、陽子が、ぱっとふりむいた。

「えっ、なに……?」

「ええとね。今ね、人形がうごいたような気がしたんだ。」

「どの人形……?」

「だから、その人形……。」

「まさか。人形はうごいたりしないわよ。」

「そうだね。たぶん、目の錯覚《さっかく》だな。」

陽子《ようこ》が、ふいにあたりをきょろきょろと見まわした。

「すっかり暗くなってるわ。早く家に帰らないと。」

陽子は、さっと身をひるがえすと玄関《げんかん》のほうに歩きだした。まだ女性《じょせい》たちのほとんどは洗面所《せんめんじょ》からもどってこない。ロビーにいるのは、圭子《けいこ》と由美子《ゆみこ》くらいなものだ。

「ヨッコ、どうしたの。みんなでいっしょに帰りましょうよ。」

圭子が陽子を呼《よ》びとめたが、陽子はその声も耳にはいらないらしく、そそくさと外に出ていく。

「ちょっと、待《ま》ってよ。」

圭子と由美子が、あわててあとを追《お》いかける。

展示品《てんじひん》のそばにいたハチベエとハカセ、それにモーちゃんも陽子たちのあとを追った。

ハチベエが、すばやく陽子のまえにまわった。

「なに、いそいでるんだよ。ほかの連中《れんちゅう》を待ってやろうぜ。」

ハチベエがとおせんぼしているというのに、陽子は、まるで気がつかないようすだ。ハチベエのそばをすりぬけるようにして林のなかへとはいっていく。

「待《ま》てったら……」

陽子《ようこ》は、まるでなにかに追《お》いかけられているように、歩きつづける。

やっとこさ追いついたハチベエが肩《かた》をつかんだとたん、陽子が、くるりとハチベエをふりかえった。青い月の光が陽子のかわいらしい顔《かお》を照《て》らしている。

「なにをのんきなことをいってるの。ぐずぐずしているとオオグチのマガミがお出ましになるわよ。」

陽子の口から、低い声がほとばしった。

4

「えっ、なに……」

ハチベエがとまどっているすきに、陽子は走りだした。

ふたたび陽子を追いかけて、ハチベエも駆《か》けだす。林のなかの小道《こみち》は雑草《ざっそう》におおわれていて走りにくい。おまけに両側《りょうがわ》からはりだした小枝《こえだ》がじゃまをする。スポーツ万能《ばんのう》のハチベエでさえ苦労《くろう》する道を、陽子《ようこ》は、かるがると走りぬけていく。

とつぜん、まえを走る陽子が足をとめた。

「おそかったわ……」

うっそうとした林の向こうから、なんとももの悲《がな》しげな獣《けもの》の声がながながときこえたのは、その直後《ちょくご》だった。

「ウアォー、オー、オー。」

文字にすれば、そんなふうになるだろうか。

まるで歌でもうたっているように、なめらかなメロディをもった不思議《ふしぎ》なほえ声《ごえ》だ。

「あれ、なんの声だ。」

ハチベエは、息《いき》をきらせて追《お》いついてきたハカセをふりかえる。

「うーん、なんだろう。」

ハカセにも声の正体《しょうたい》がわからないらしい。

「犬じゃないの。うちの犬、消防車《しょうぼうしゃ》のサイレンをきくと、

あんな声でまねすることがあるわ。」

由美子《ゆみこ》がよこから口をだした。

「こんな山のなかに犬がいるかなあ。もし、いるとしたら野良犬《のらいぬ》かもしれないね。」

ハカセが首《くび》をかしげたとき、ゆくての暗《くら》がりを見まわしていた陽子《ようこ》が、ふたたび口をひらいた。

「だからいったでしょ。オオグチのマガミのお出ましなのよ。」

陽子の口からとびだした意味不明《いみふめい》のことばに、みんなはおもわず陽子の顔《かお》をうかがう。

「ヨッコ、それ、なんなの。」

圭子《けいこ》が陽子の顔をのぞきこんだ。

「なにって……。オオグチのマガミは、ミナグロのオオミカミのつぎに強い神《かみ》さまじゃないの。」

陽子は、そんなことも知らないのかというように、みんなを見かえす。

モーちゃんがハチベエの腕《うで》をつかんだ。モーちゃんの視線《しせん》のさき、月の光もとどかない林のしげみのなかに、ホタルのような青白い光が点々《てんてん》とともっている。それが動物の目だということに気づいたのは、どの光も一対《つい》になっていて、ときおりすっとよこに移動《いどう》したからだ。ほかの連中《れんちゅう》も、林のなかの光に気づいたらしいが、だれも声をあげようとしない。正体《しょうたい》不明《ふめい》の動物たちは、道の両側《りょうがわ》の林のなかにひそんでいる。どうやら完全《かんぜん》に包囲《ほうい》されたらしい。

いったい、どんな動物なのか。しかし、いくら目をこらしても、動物のすがたを見ることはできないし、足音さえきこえない。

ただ、ときおり、ハッ、ハッという呼吸音《こきゅうおん》がきこえてくるだけだ。

「あたしのあとについてきて。いいこと、ぜったいに駆《か》けだしてはだめよ。もし、ころんだりすると、オオグチのマガミのいけにえにされてしまうからね。」

陽子《ようこ》がきっぱりとした口調《くちょう》でいうと、ゆっくりと歩きだした。一行《いっこう》が歩きだすとしげみのなかの青い光も、それにつれてうごきだした。

センターから小屋《こや》までは、せいぜい二百メートルほどの距離《きょり》だったから、ゆっくり歩いても五分もかからないはずだ。しかし、いくら歩いても林がとぎれない。

「ねえ、ヨッコ、道がちがうんじゃないの。」

圭子《けいこ》が、小声でささやく。

「村は、もうすぐよ。だいじょうぶ。オオグチのマガミは、おなかがすいていないみたいだから。」

陽子《ようこ》はいかにも自信《じしん》ありげに、林のなかをすすんでいく。

ふいに視界《しかい》がひらけたと思ったら、見覚《みおぼ》えのある広場《ひろば》に出ていた。広場のまわりには、これまた見覚えのある竪穴式《たてあなしき》の住居《じゅうきょ》が二十ばかりならんでいた。

道のすぐそばにある、入り口にライトのついた小屋《こや》のまえに数人《すうにん》の人影《ひとかげ》が立っていた。

「おお、やっと帰ってきたか。全員《ぜんいん》そろっているな。」

月光にはげ頭《あたま》を反射《はんしゃ》させているちんちくりんの男が、ほっとしたような声をかけてきた。宅和《たくわ》先生である。

「ほかの子はみんなもどってきたのに、おまえらがもどらんから、センターまで捜《さが》しにいったんだぞ。いったい、どこをうろついていたんだ。」

「ヨッコたち、さきに帰ったでしょ。それなのに小屋にいないから、それで心配《しんぱい》になって……。」

後藤淳子《ごとうじゅんこ》が、よこから説明《せつめい》する。センターにおいてきぼりにした女の子たちのほうが、さきにもどってきたらしい。

「あんまり心配《しんぱい》させせんでくれよ。さあ、もうおそいから早く寝《ね》なさい。」

先生にうながされて、陽子《ようこ》たち女性軍《じょせいぐん》は自分の小屋《こや》にはいっていく。ハチベエたち、ボディガードも、広場《ひろば》をよこぎって自分の小屋へと歩きだした。

「おかしいよなあ。おれたち、どこにもより道《みち》しなかったよなあ。」

ハチベエが首《くび》をふりふり、ハカセとモーちゃんに話しかけてきた。

「ううん、いやに遠かったよね。センターからここまで、三十分以上《いじょう》かかってるんだよ。」

ハカセが、ちらりと腕時計《うでどけい》を見た。

「それに……」

モーちゃんが、なんとなく女子の小屋をふりかえる。

「荒井《あらい》さん、なんだかおかしかったなあ。」

「それ、それ……。あいつ、なんか、へんなこと口《くち》ばしってたよな。オオグチのなんとか……」

「オオグチのマガミ……だろ。それからミナグロのオオミカミ……。あれって、なんのことだろう。例《れい》の動物と関係《かんけい》があるのかな。」

ハカセも首《くび》をかしげる。

「あの動物、なんなの。野良犬《のらいぬ》かなあ。もしかすると、オオカミじゃないの。」

モーちゃんがいうと、ハカセは鼻《はな》を鳴らした。

「日本のオオカミは明治時代《めいじじだい》に絶滅《ぜつめつ》したんだ。だから現在野生《げんざいやせい》のオオカミは、存在《そんざい》しないんだよ。」

「いいや。あれはオオカミだったと思うなあ。だってよ、あの声はふつうの犬とは、ぜんぜんちがってたもの。しまったなあ。せっかく弓矢《ゆみや》を持ってたのに……。」

ハチベエが肩《かた》にかけた弓をなでたとき、目のまえの小屋《こや》から人影《ひとかげ》があらわれた。

「きみたち、こんなおそくまでなにしてたんだよ。」

リーダーの金田進《かねだすすむ》だった。

「わりい、わりい。女の子たちにトイレにいきたいから、ついてきてくれってたのまれたんだ。さきに寝《ね》ていてもよかったのに。」

ハチベエが、代表《だいひょう》して弁解《べんかい》する。

「きみたちが帰ってこないから、たき火《び》がけせないじゃないか。」

小屋《こや》のたき火の管理《かんり》は、リーダーの役目《やくめ》だ。まじめな進《すすむ》は、りちぎに義務《ぎむ》をはたすつもりらしい。

「動物ウォッチングは、どうだった。」

ハカセがたずねると、進は、首《くび》をふった。

「ぜーんぜん。なんにもいなかったなあ。」

動物に出あえたのは、ハカセたちだけらしい。

小屋にはいると、すでにほかの連中《れんちゅう》は床《ゆか》にござをしいて寝《ね》ていた。

「ようし、おれたちもおねんねしようぜ。」

ハチベエも、そそくさと小屋のすみからござをひっぱってきて、その上にごろりとよこになった。

ハカセも、ハチベエのそばにござをしいて、よこになったけれど、とてもすぐに寝る気になれない。

さきほどの異常《いじょう》な体験《たいけん》を、どう説明《せつめい》したらいいのか。

陽子《ようこ》がセンターをとびだしたあと、彼女《かのじょ》のあとを追《お》って林のなかの道を歩きだした。あのときまで、べつにおかしなことは起こらなかった。

もしかすると、陽子が道をまちがえたのかもしれない。ひるまは気づかなかったが、林のなかにはほかにも枝道《えだみち》があり、そっちにまよいこんだ可能性《かのうせい》がある。まっすぐ歩けば五分もかからないところを、大まわりしたために三十分以上かかってしまったのだ。

では、あの動物のほえ声《ごえ》、あれはいったいなんだったのだろうか。声のようすからすれば、キツネとかサルのたぐいではない。もっと凶暴《きょうぼう》な獣《けもの》のような感じだ。いちばん可能性《かのうせい》のあるのは、やはり野良犬《のらいぬ》だが……。

合宿所《がっしゅくじょ》の近くに野良犬の集団《しゅうだん》がうろついていれば、当然《とうぜん》、センターの職員《しょくいん》も注意《ちゅうい》するはずだろう。それとも彼《かれ》らの存在《そんざい》は、まだ知られていないのだろうか。

そして、もうひとつ。陽子のおかしな言動《げんどう》も気になるところだ。

センターの展示品《てんじひん》を見学していたとたん、きゅうに外にとびだしていった。あのとき、陽子はモーちゃんといっしょに縄文時代《じょうもんじだい》の土偶《どぐう》を見ていたはずだ。あいにくハカセはそばにいなかったが、陽子《ようこ》がふいに入り口のほうに歩きだしたのを目撃《もくげき》した。そして、林のなかで彼女《かのじょ》が口にしたことば……。

「オオグチのマガミ……」

ハカセは声にだしてつぶやいてみる。

博学《はくがく》のハカセにも、ちょっと見当《けんとう》がつかないが、もしかすると、今回《こんかい》の異様《いよう》な体験《たいけん》のなぞを解《と》くことばなのかもしれない。

あす、陽子にもういちどたずねてみよう。ようやく眠気《ねむけ》がきざした頭《あたま》でそう決心すると、めがねをはずして枕《まくら》もとにおいた。

5

よく朝《あさ》は午前《ごぜん》六時起床《きしょう》。河原《かわら》まで出かけて顔《かお》をあらう。空は灰色《はいいろ》の雲《くも》におおわれて、いまにも雨が落ちてきそうだ。

「ゆうべは、あんなにお月さまが出ていたのになあ。」

あくびのついでに空をながめたモーちゃんが、ハカセにいった。

「どう、ゆうべは、よくねむれた。」

ハカセの問《と》いかけに、モーちゃんは、かすかに首《くび》をよこにふった。

「ううん、あんなことがあったろ。夜中《よなか》に野良犬《のらいぬ》が小屋《こや》にはいってくるんじゃないかと思ったら、なかなかねむれなくてさ。それに、おなかがすいて……」

この少年は、なにかこわいことがあると、もうれつにおなかがへるのだ。もしかすると恐怖感《きょうふかん》を食べることでまぎらわせようと、無意識《むいしき》の意識がはたらいているのかもしれない。

「そう、そう。きみにちょっときいておきたいんだけど。ゆうべ、きみはセンターのロビーで荒井《あらい》さんといっしょだったよねえ。あれは、なにを見ていたの。」

「ほら、おかしな人形があったじゃない。ここの住居跡《じゅうきょあと》から見つかったっていう……。あれ、見てたらね、きゅうに、荒井さんが、もう暗《くら》くなったから、早く帰らなくちゃあって、歩きだしたんだ。」

「ああ、縄文時代《じょうもんじだい》の土偶《どぐう》だね。宗教的《しゅうきょうてき》な儀式《ぎしき》につかわれたっていう、神《かみ》さまの人形……」

「あの人形をふたりで見てたんだよ。」

ハカセは、林の向こうに目をやった。河原《かわら》に立つと、林のこずえごしに合宿《がっしゅく》センターの屋根《やね》が見えた。あんなに近いところにあったのに、ゆうべは三十分以上かかってしまったのである。

そのとき、ハカセは気づいた。林のなかの道には、ところどころに街灯《がいとう》がともっていたはずだ。ところが、もどりには、街灯がついていなかった。

「ぼく、ちょっとセンターにいってくる。」

「ああ、ぼくもおしっこにいくよ。」

モーちゃんも、ハカセのあとから歩きだした。

林のなかの道は、ほとんど直線《ちょくせん》で見通《みとお》しもよかったし、木《き》ぎのあいだから、たえずセンターの建物《たてもの》が見えるから、こちらからセンターを目ざすぶんには、まようことはないだろう。

林の要所《ようしょ》、要所には、銀色《ぎんいろ》の鉄柱《てっちゅう》が立っていて、見あげると蛍光灯《けいこうとう》がとりつけてある。ゆうべも蛍光灯は点灯《てんとう》していた。

しかし……。陽子《ようこ》のあとを追《お》って林のなかにはいってからは、街灯のあかりを見た記憶《きおく》はない。

やはり、ゆうべはべつの道にはいりこんだにちがいないのだ。

いったい、どこでまちがったのか。ハカセは、たんねんに道の両側《りょうがわ》を調《しら》べてみたのだが、まよいこみそうな枝道《えだみち》は一本もなかった。

センターのロビーには、女の子たちがたむろしている。洗面所《せんめんじょ》の順番待《じゅんばんま》ちをしているらしい。

男性用《だんせいよう》のトイレはがらあきだから、ふたりは待つこともなく、用をたしてロビーにもどる。

ハカセは、陳列《ちんれつ》ケースのそばによって、もういちどなかの土偶《どぐう》を確認《かくにん》した。からだは人間の女性《じょせい》、顔《かお》はなにかの動物らしい。出土《しゅつど》したとき容器《ようき》にいれられていて、かたほうの足が、切りとられていたことから、あるいは祭《まつ》りのときに人為的《じんいてき》に破壊《はかい》されて、埋《う》められた可能性《かのうせい》もあると書いてあった。

「ああ、そういえば……」

ハカセのとなりにならんで土偶をながめていたモーちゃんが、つぶやくようにいった。

「ゆうべ、この人形が、きゅうにうごきだしたような気がしてね。」

「うごきだした……」

「むくむくって、からだをうごかしたような気がしたんだ。たぶん目の錯覚《さっかく》だと思うよ。びっくりして荒井《あらい》さんに声かけたら、荒井さんも、じいっと人形をみつめてたんだ。」

モーちゃんが、そこまでしゃべったとき、背後《はいご》で声がした。ふりかえると、うわさの荒《あら》井陽子《いようこ》が、さっぱりした顔《かお》つきで立っていた。

「ゆうべは、ごめんなさいね。あたしが道にまよって、みんなに迷惑《めいわく》かけたらしいわ。あたし、どうかしてたのねえ。」

「荒井さんは、ゆうべのことおぼえてるの。」

「ううん、それがねえ。なんていうか、自分《じぶん》でも、よくわかんないの。ここで奥田《おくだ》くんと展示物《てんじぶつ》を見ているうちに、きゅうに早く家にもどらなくちゃあって思いだしてね。いそいでとびだしたのよ。だってオオグチのマガミのお出ましになる時間だもの。」

陽子は、すました顔《かお》でこたえた。

「ねえ、そのオオグチのマガミっていうの、いったいなんなの。」

「えっ？」

ハカセの質問《しつもん》に、陽子《ようこ》がきゅうに口ごもった。

「ええと、なんだっけ……。たしか、そんな名前だったと思うんだけど……」

「自分でしゃべったのに、意味《いみ》もわからないの。」

「そういえば、そうね。だれかにおしえてもらったのよ。あれ、いつだったかしら。」

陽子は、大きな目をてんじょうにむけて、じっとかんがえこんでいる。

「たしか、ミナグロのオオミカミというのも、いったと思うんだけど。」

「ミナグロのオオミカミねえ。うん、知ってるわよ。神《かみ》さまなのよ。このあたりを支配《しはい》するいちばん強い神さまの名前。オオグチのマガミよりも、ずっと強いの。」

「ゆうべ出あった動物が、オオグチのマガミなんだね。」

「たぶん……。そうだと思うけど。ああ、あたし、どうかしてたんだわ。そんなこと、あたしにわかるわけないもの。」

陽子はかわいい顔《かお》をしかめると、ハカセとモーちゃんをかわりばんこにながめた。

「ねえ、あたしのこと、へんだと思う？」

「ううん、べつに、へんだと思わないけど。でも、やっぱりへんかなあ。」

モーちゃんは、助《たす》け舟《ぶね》をもとめてハカセを見た。

「どこかで、その名前をインプットされていたんだろうな。それをきゅうに思いだしたんじゃないの。そうか、もしかすると縄文《じょうもん》時代《じだい》のことを事前学習《じぜんがくしゅう》しているとき、なにかで読んでいたのかもしれない。」

そのとき二階《かい》からインストラクターのひとりがおりてきた。まだ若《わか》い女性《じょせい》だった。

ハカセは、とっさにインストラクターを呼《よ》びとめた。

「あのう、ちょっときいてみるんですけど。

この土偶《どぐう》の名前はオオグチのマガミっていうんじゃありませんか。」

インストラクターは、ハカセの顔《かお》とケースのなかの土偶を見た。

「オオグチのマガミ……。なに、それ。その土偶がなにを表現《ひょうげん》しているのか、わからないの。センターのひとは、エッちゃんて、ニックネームで呼《よ》んでるわよ。」

「エッちゃん……?」

インストラクターは、くすっとわらった。

「ほら、顔《かお》が川原《かわはら》さんに似《に》てるでしょ。だから、川原悦夫《かわはらえつお》のエッちゃん。」

いわれてみれば、土偶の顔は、ハカセたちのインストラクターに似ていないこともなかった。

「このあたり、夜になると野良犬《のらいぬ》の群《む》れが出るんですか。」

陽子《ようこ》がたずねた。

「野良犬はいないと思うけどなあ。あなたたち、出あったの。」

インストラクターがいくぶん顔をくもらせる。

「ゆうべ、センターから小屋《こや》に帰るとき、いっぱいいたんです。」

「どんな犬だった。」

「すがたは見えないけど、鳴き声をききました。それから、目が光ってたんです。」

「なにかの見まちがいじゃないでしょうね。」

「いえ、ぼくも見ました。」

「ぼくも……」

三人の証言《しょうげん》に、インストラクターは、ますます顔《かお》をくもらせる。

「おそわれたひとはいないでしょうね。」

「それはないと思います。」

「わかったわ。あとでくわしく話してくださいね。」

インストラクターのお姉さんは、階段《かいだん》を駆《か》けのぼっていった。たぶん、川原《かわはら》のエッちゃんに報告《ほうこく》にいったのだろう。

三人が、小屋《こや》にもどってほどなく、インストラクターたちが、食料《しょくりょう》をかかえてやってきた。

朝食《ちょうしょく》は、縄文《じょうもん》クッキーと牛乳《ぎゅうにゅう》、それに果物《くだもの》のモモだった。

「チーズやバターなどの乳製品《にゅうせいひん》は、古くから日本でも食べられていたようですが、ざんねんながら縄文時代《じょうもんじだい》にはウシがいなかったので、牛乳《ぎゅうにゅう》をのむことはありませんでした。しかし、ほかの動物、たとえばシカのお乳《ちち》やイノシシの乳をのんだかもしれませんし、それらを利用《りよう》した食品《しょくひん》がなかったという証拠《しょうこ》もありません。と、いうわけで、みなさんにはシカのお乳をのんでもらう……。というわけにいかないので、牛乳にしました。」

縄文クッキーは、すでに焼《や》いてあったので、そのまま食べられたし、モモも野生《やせい》のものではない。

朝食《ちょうしょく》をくばりおえた川原《かわはら》さんが、みんなを見まわした。

「ゆうべ、そこの林のなかで野良犬《のらいぬ》の群《む》れに出あったというひとがいたそうだけど、だれかな。」

ハチベエたちが手をあげると、そばにやってきた。

「食べながらでいいから、そのときのこと話してくれる。」

そこで、ハチベエたちはかわりばんこに、ゆうべのことを話した。

「ふうん、野良犬の群れがねえ。これまできいたことないなあ。」

「もしかしたらオオカミじゃないの。」

ハチベエがいうと、川原《かわはら》さんはわらった。

「縄文時代《じょうもんじだい》なら、オオカミの群《む》れもうろついていただろうな。でも、今ではニホンオオカミも、絶滅《ぜつめつ》したからね。」

「このあたりにはのこってるんじゃないですか。」

後藤淳子《ごとうじゅんこ》が疑問《ぎもん》をなげかけたが、川原さんは、首《くび》をふった。

「やはり、野良犬《のらいぬ》だろう。まんがいちということがあるから、今夜《こんや》、小屋《こや》から出るときは先生に引率《いんそつ》してもらいなさい。」

3　オオグチのマガミの襲撃《しゅうげき》

1

午前《ごぜん》ちゅうのスケジュールは、牛首山登山《うしくびやまとざん》だった。

「あいにくの空模様《そらもよう》ですが、雨の降《ふ》りだすまえにのぼってしまいましょう。すこしペースをあげるのでおくれないようにがんばってください。」

出発のまえに、川原《かわはら》さんが、みんなに注意《ちゅうい》した。

牛首山は、センターの東にそびえる高い山だ。

さすがに登山のときは、縄文人《じょうもんじん》のコスチュームは着なくてもいいことになっていたので、みんな、T《ティー》シャツにズボンという身軽《みがる》なすがたになっている。

49 ____________________

50 __________ __________

●解答用紙と400円分の切手をふうとうにいれてポプラ社ズッコケ編集部（〒160-8565 新宿区大京町22-1）におくってください。80点以上の方にはズッコケファンクラブ会員証とズッコケファンクラブ手帳を３か月以内にお送りします。ざんねんながら80点未満の方は切手をお返しします。名前と住所をわすれずに書いてください。

17 (イ　　　　)(ロ　　　　)(ハ　　　　)

18

19 (イ　　　　)(ロ　　　　)

20 (イ　　　　)(ロ　　　　)

21

22

23

24

25

26

27

28

29

30

お名前　　　住所　　　TEL

〒

ズッコケ三人組常識テスト解答用紙Ⅰ

1

2

3

4

5

6

7 （イ　　　）（ロ　　　）

8

9

10

11

12

13

ズッコケ三人組常識テスト解答用紙Ⅱ

31

32

33

34

35

36

37

38

39

40

41 （イ　　　　）（ロ　　　　）

42

43

44

45

46

センターのよこを流れる川をわたってしばらく歩くと、牛首山《うしくびやま》のふもとに出る。

さいしょはゆるやかなふもとの道を鼻歌《はなうた》気分《きぶん》で歩いていたが、そのうち急な山道になった。総勢《そうぜい》百五十人ちかくの子どもたちが、まるでアリの行列《ぎょうれつ》のように、ぞろぞろとのぼっていくのだ。先頭《せんとう》と最後尾《さいこうび》ではかなりの距離《きょり》がある。さいしょのうちこそまえの人間におくれないように歩いていたが、それもせいぜい三十分ほどで、体力のない子どもは、だんだんとおくれがちになっていた。

厚い雨雲《あまぐも》がたれこめているせいか、うっそうとした山道は、そよりとも風が吹《ふ》かない。まるで蒸《む》し風呂《ぶろ》のなかにいるような感じだ。しかし、それもしばらくだった。尾根筋《おねすじ》に出たとたんあたりが白い霧《きり》につつまれ、きゅうに冷たい風が吹きつけてくるようになった。どうやら雲のなかにはいりこんだらしい。

ふと、ハカセは耳をすませた。こずえを吹きぬける風の音にまじって、かすかに動物のほえ声《ごえ》のようなものをきいたような気がしたのだ。高く細く、まるで歌でもうたっているような声は、まぎれもなくゆうべの声だ。

立ちどまったハカセに、うしろを歩いていた新村大吾《にいむらだいご》が文句《もんく》をいった。

「きゅうにストップするなよ。あぶないじゃないか。」

「新村《にいむら》くん、今の声、きこえた。」

ハカセの質問《しつもん》に、大吾《だいご》がけげんな顔《かお》をする。

「声……」

「動物のほえる声がきこえたんだよ。」

「風じゃないのか。」

「風の音にまじっていたんだ。」

「なんでもいいから、早くいけよ。こんなとこにストップされるとめいわくだろ。」

大吾にせっつかれて、ハカセは歩きだした。

それにしても、もし、あれがゆうべきいた動物の声だとすれば、あの動物たちは実在《じつざい》の動物ということだ。

ハカセは、ゆうべの事件《じけん》が、もしかすると幻覚《げんかく》だったかもしれないとかんがえはじめていた。

陽子《ようこ》の異常《いじょう》な行動《こうどう》にまきこまれて、山のなかでまよい、見もしない動物の目や、ききも

しないほえ声《ごえ》を耳にしていたのではないか。そんなふうに解釈《かいしゃく》しはじめていたのだが、こうしてまっぴるまに同じ声がきこえてきたとなると、動物の群《む》れは、やはり現実《げんじつ》に存在《そんざい》していたことになる。

そのとき、はるか上のほうから歓声《かんせい》がきこえてきた。先頭《せんとう》が頂上《ちょうじょう》に到着《とうちゃく》したらしい。

十分後、ハカセも牛首山山頂《うしくびやまさんちょう》に立っていた。

牛首山の頂上はなだらかな草原になっていた。晴れていれば、おそらく絶好《ぜっこう》の景色《けしき》が楽しめただろうが、あいにくどこもかしこも白いガスにつつまれていて、なにも見えない。おまけにみぶるいするほどの寒《さむ》さだ。

しめった草地に腰《こし》をおろすと、モーちゃんが、むきだしの腕《うで》をさすりながら、となりにすわりこんだ。

「ハカセちゃん、寒くない。」

「標高《ひょうこう》が高いし、おまけに風が強いから、体感温度《たいかんおんど》が低くなるんだな。どこか風のあたらないところにいこうか。」

ハカセは、白いガスをすかすようにしながら、あたりを見まわした。十メートルほどさきに、黒っぽいものがぼんやりと見えた。どうやら大きな岩がつきだしているらしい。そばにいくと、高さ三メートルほどの巨岩《きょがん》が草地のなかに立っていた。ふたりで岩かげにはいりこむ。

「縄文時代《じょうもんじだい》のひとが、夏でも厚着《あつぎ》してたのがわかったよ。山の上は寒《さむ》いんだねえ。」

モーちゃんが納得顔《なっとくがお》でうなずいてみせる。

「きみ、山道をのぼってるとき、なにかきかなかった。」

ハカセがさきほどの体験《たいけん》を話したが、モーちゃんは、首《くび》をかしげただけだ。

そのとき笛《ふえ》が鳴った。

「すこし早いのですが、天候《てんこう》が悪いので下山《げざん》します。みんな集合《しゅうごう》してくださーい。」

一時間半かかってのぼった道を、下《くだ》りは四十分もかからないで帰りつくことができた。小屋《こや》のまえに集合したとたん、ぽつりぽつりと雨が落ちはじめた。まさに、間一髪《かんいっぱつ》というところだ。

ちょうどお昼になったところで、昼食《ちゅうしょく》は合宿《がっしゅく》センターの食堂《しょくどう》でとることになった。

食堂にはいったとたん、カレーライスのにおいが鼻《はな》をくすぐる。ひさしぶりにかぐ文明の香《かお》りだ。

食卓《しょくたく》のよこには、ごくふつうのカレー皿《ざら》と、プラスチックのスプーンが用意《ようい》されてあった。

みんなは、それぞれの容器《ようき》を持ってカウンターにならび、お米のごはんにカレーのルーをかけてもらう。

「これ、縄文時代《じょうもんじだい》のカレーじゃないよね。」

モーちゃんが、一さじすくって味見《あじみ》をした。

「縄文時代にカレーなんかあるわけないだろうが。ただのカレーさ。」

ハチベエにも、それくらいの知識《ちしき》はある。

たった一日しかたっていないのに、お米のごはんはなんともおいしかった。

午後《ごご》のスケジュールは、竪穴式住居《たてあなしきじゅうきょ》の建築《けんちく》だったが、雨が降《ふ》りだしたので、センターのなかでの模型《もけい》の住居と、縄文人《じょうもんじん》のアクセサリーづくりに変更《へんこう》された。

竪穴式の住居は、四本の柱を立て、これに棟木《むなぎ》をはりわたし、屋根《やね》のかたちになるよう、放射状《ほうしゃじょう》に細木《ほそぎ》をさしかけて、家の構造《こうぞう》を組みたてたあと、わらで屋根を葺《ふ》くのだ。

模型《もけい》といっても、柱と柱は、すべてたこ糸でしばり、接着剤《せっちゃくざい》はいっさいつかわないから、けっこうめんどうくさい。それでも、二時間もすると、なんとかそれらしいミニチュアの小屋《こや》が完成《かんせい》した。

なかには、屋根《やね》が一方《いっぽう》にかしいでしまったものや、屋根のわらをけちったために、内部《ないぶ》がすけて見えるものもあった。

しかし、模型づくりをしたことで、竪穴式住居《たてあなしきじゅうきょ》というのがよくわかった。

家をつくったあとは、こんどはアクセサリーに挑戦《ちょうせん》だが、こちらは、ごくかんたんだった。貝殻《かいがら》や木の実に穴《あな》をあけて、たこ糸をとおすだけだ。ただし細工《さいく》がかんたんなだけに、それぞれのセンスの善《よ》し悪《あ》しが、たちまちあらわれる。

アクセサリーは各自《かくじ》が首《くび》にかけたり、腰《こし》にまきつけたりして、持ち帰ることになった。

「おれのは、すごいだろう。」

ハチベエが、首にたらしたアクセサリーを自慢《じまん》している。貝殻ばかりをつなぎ合わせたものだが、やたら長いし、貝の数がおおいので、たしかに豪華《ごうか》に見える。

「縄文時代《じょうもんじだい》の王さまがつけていたやつだぞ。」

「縄文時代《じょうもんじだい》には、王さまはいないんだよ。せいぜい村の長老《ちょうろう》だな。」

金田進《かねだすすむ》が反論《はんろん》したが、そんなことでひるむような人間でない。

「なんでもいいや。とにかくえらい人間に見えりゃあ。」

ハチベエは胸《むね》をそらしながら女性《じょせい》たちのほうへ歩いていく。彼《かれ》が歩くたびに、胸の首輪《くびわ》がガチャガチャとうるさい音をたてた。

雨は、いつのまにかあがり、まどの外では明るい日ざしが照《て》りはえていた。

「雨もあがったので夜の行事《ぎょうじ》は、予定どおりおこなうことにします。今夜《こんや》は、合宿《がっしゅく》最後の夜なので、土偶祭《どぐうまつ》りをします。それぞれの住居《じゅうきょ》にかざってある土偶がありますね。リーダーは、あの像《ぞう》を河原《かわら》にはこんでください。みなさんは、お祭りの準備《じゅんび》があるので、午後《ごご》五時に河原に集合《しゅうごう》してください。縄文人《じょうもんじん》の服装《ふくそう》をして、弓矢《ゆみや》やアクセサリーもわすれないでね。」

川原《かわはら》さんのことばで、みんなはセンターを出ると、林のなかの小屋《こや》へともどっていった。

モーちゃんが、へやのすみにすわりこむと、大吾《だいご》もそばにすわった。そして、ふと、モーちゃんと、モーちゃんがひざの上においているナップザックに目をやった。

「おまえのナップザック、いやにふくらんでるけど、なにがはいってんだ。」

「なにって……。べつに……。着がえとか、ノートとか……」

「ほんとうか。おまえ、食《く》いもの持ちこんでるんじゃないだろうな。お菓子《かし》なんか、持ってきちゃあ、いけないんだぞ。」

「そんなこと、知ってるよ。『合宿《がっしゅく》のしおり』にも、書いてあったもの。」

こたえつつも、モーちゃんは、大吾《だいご》のうたがわしげな目つきが気になった。だから、集合時間《しゅうごうじかん》になったとき、わざわざナップザックをかついで小屋《こや》を出たものである。

土偶祭《どぐうまつ》りは、いつも食事《しょくじ》をとる河原《かわら》でやるらしい。

まず、祭壇《さいだん》づくりからはじまった。小屋から持ちだした土偶を河原の高いところにならべ、そのまえに果物《くだもの》などをおそなえする。まわりに何本かの松明《たいまつ》を突《つ》きさして照明《しょうめい》にした。

ハカセのつくった角《つの》のないシカの頭《あたま》をもつ土偶も、ほかの土偶といっしょにならんでいた。進《すすむ》が持ってきてくれたのだろう。

下手《しもて》の河原の中央《ちゅうおう》では、巨大《きょだい》なたき火《び》をたくのだ。まあ、キャンプファイアーとあまりちがいはなさそうだ。

食事《しょくじ》のメニューは、きのうの夕食《ゆうしょく》とあまりかわりばえはしなかった。ニジマスの塩焼《しおや》きに鶏《とり》の股肉《ももにく》がくわわり、ごはんのかわりは粟《あわ》のおかゆだ。これに山菜《さんさい》のおひたしがついた。

「ほんとうは、粟やヒエだけでおかゆをつくらなくてならないんですが、今回はお米もはいっています。」

川原《かわはら》さんが、そんな説明《せつめい》をしたが、どうみても粟粒《あわつぶ》よりも米粒《こめつぶ》のほうがおおい。

デザートは果物《くだもの》と縄文《じょうもん》ジュース、それに縄文クッキーが用意されていた。

きょうは、午後《ごご》の学習が長かったので、ニジマスもあらかじめ調理《ちょうり》されていたし、鶏肉《とりにく》も加工《かこう》された冷凍物《れいとうもの》だったから、子どもたちがやるのはたんなる煮炊《にた》きだけだ。

やがて、あたりが夕闇《ゆうやみ》につつまれるころには、たき火《び》のまわりの大きなつぼのなかのおかゆが煮《に》えたち、串《くし》にさして立てておいたニジマスや鶏の股肉も、こんがり焼《や》けてきた。

「縄文人《じょうもんじん》たちが、どんなお祭《まつ》りをしたのかわかりませんが、おそらく食物《しょくもつ》がたくさん手にはいるよう、自然《しぜん》の神《かみ》にたいしてお祈《いの》りをしたにちがいありません。あるいは日照《ひで》りや長雨、台風《たいふう》といった自然災害《しぜんさいがい》を鎮《しず》め、疫病《えきびょう》などの流行《りゅうこう》が治《おさ》まるように、神さまに祈ったと思います。神さまのまえで歌をうたったり踊《おど》りをおどり、みんなでごちそうを食べたのではないでしょうか。

わたしたちも、自然《しぜん》の恵《めぐ》みに感謝《かんしゃ》して合宿最後《がっしゅくさいご》の晩《ばん》を楽しくすごしましょう。」

川原《かわはら》さんのあいさつがすむのを待《ま》ちかねて、みんなは食物《しょくもつ》にとびついたものである。

2

古代《こだい》のお祭《まつ》りでは、おそらくお酒《さけ》をのんだのだろうが、子どもの合宿なので、アルコールは出ない。子どもたちが飲《の》み食《く》いしているあいだに、インストラクターたちが竹《たけ》でつくった木琴《もっきん》のようなものや、太鼓《たいこ》、それに土の笛《ふえ》などをつかって曲《きょく》を演奏《えんそう》してくれた。これらの楽器《がっき》はおそらく縄文時代《じょうもんじだい》にもつかわれたと思われる古代の楽器を復元《ふくげん》したものだそうだ。もっとも曲のほうは現代《げんだい》の歌だ。

楽器が出てきたので、三組の先生の指導《しどう》で、子どもたちは、たき火《び》のまわりをまわりながら、去年運動会《きょねんうんどうかい》でおどった『花笠踊《はながさおど》り』を披露《ひろう》した。

ハチベエのとなりでおどっていた後藤淳子《ごとうじゅんこ》が、小さな声をあげた。

「見て、みて。あたしたちの影法師《かげぼうし》……」

いつのまにか夜の闇《やみ》がしのびよっていた。闇のなかを霧《きり》がうずまきながら流れている。その霧に、たき火《び》のあかりがあたり、子どもたちの影法師がそそり立っていた。巨大《きょだい》な影法師たちも、子どもたちの動《うご》きに合わせてゆらゆらと踊《おど》りをおどっている。

影法師を見ていると、なんだか不思議《ふしぎ》な気分になってきた。ハチベエ自身《じしん》、ほんものの縄文人《じょうもんじん》になったような、そんな錯覚《さっかく》にとらわれてしまう。

それは、けっして悪い気分ではなかった。なんとなく心がうきうきして、影法師といっしょに、ますますはしゃぎたくなってきた。

「キャッホー……」

ハチベエはひと声《こえ》奇声《きせい》をあげると、踊りの輪《わ》をとびだし、たき火のまわりを、ぴょんぴょん跳《と》びはねながら、むちゃくちゃな踊りをはじめた。と、それにつられるように何人かがとびだしてきて、ハチベエといっしょに、むちゃくちゃ踊りをはじめ、それが、しだいにほかの子どもたちにも伝染《でんせん》していく。

インストラクターの楽器《がっき》も、ハチベエたちの踊りに合わせるように、テンポのよい曲を

演奏《えんそう》しはじめたので、『花笠踊《はながさおど》り』のほうは自然消滅《しぜんしょうめつ》となり、子どもたちは、てんでに奇《き》声《せい》をあげながら自分勝手《じぶんかって》な踊りをおどりはじめた。

「こまったわねえ。せっかく、みんなでじょうずにおどっていたのに、ぶちこわしちゃって。」

三組の先生が、まゆをしかめてたき火《び》のまわりでおどりくるう子どもたちをながめまわす。

「どうも、もうしわけありません。しかし、このほうが、いかにも古代人《こだいじん》らしいのかもしれませんなあ。自分の内《うち》なるエネルギーを発散《はっさん》しておるんでしょう。」

宅和《たくわ》先生はすました顔《かお》で、縄文《じょうもん》クッキーを口にほうりこんでいる。

やがて、子どもたちもさすがにくたびれたのか、ひとり、またひとりと、踊りの輪《わ》からはなれて腰《こし》をおろしはじめた。

「ええ、夜もふけてきましたので、お祭《まつ》りは、このへんでおひらきにします。そのまえに、縄文《じょうもん》の神《かみ》さまに、今回《こんかい》の合宿《がっしゅく》がぶじに終わったことを感謝《かんしゃ》したいと思います。みんな、祭壇《さいだん》のまえにあつまってください。」

川原《かわはら》さんのことばで、子どもたちは河原《かわら》の上手《かみて》につくられた祭壇《さいだん》のまえにあつまった。まわりに立てられた松明《たいまつ》のあかりに、土でつくられた土偶《どぐう》たちがうかびあがっている。

「リーダーのひと、だれか、みんなを代表《だいひょう》して、感謝《かんしゃ》のことばを述《の》べてください。」

川原さんがいったが、小屋《こや》のリーダーたちは、たがいに顔《かお》を見あわせるだけで、だれも名乗《なの》りをあげない。

「新庄《しんじょう》、おまえが代表だ。」

宅和《たくわ》先生に指名《しめい》されて、一組の学級委員《がっきゅういいん》が、しぶしぶまえに出てきた。

「ええと、ぼくたちは、この二日間、縄文時代《じょうもんじだい》の体験《たいけん》をしましたが、けがや病気《びょうき》をするものもいませんでした。縄文時代の神《かみ》さまのおかげだと思います。ありがとうございました。」

さすがに一組の秀才《しゅうさい》だけあって、とっさに、それらしいスピーチをこなすことができる。

新庄則夫《しんじょうのりお》が、祭壇にむかって、ぺこりとおじぎをすると、まわりの子どもたちも、それにあわせておじぎをした。

そのとき、ハカセは、ふと目をうたがった。ずらりとならんだ土偶のなかで、ひとつだけかたちのちがうものがある。いわずと知れたハカセ自作《じさく》の土偶《どぐう》だ。角《つの》のないシカの頭《あたま》が、松明《たいまつ》のあかりのなかでゆっくりと首《くび》をまわし、うつろな目が、ぎらりと光った……ような気がしたのだ。

ハカセは、あわててめがねをずりあげる。

土偶は、なにごともなかったかのようにつっ立っていた。

「はーい、よくできました。それでは、まず、リーダーは祭壇《さいだん》の土偶を、それぞれの小屋《こや》にもどしてください。あとのひとは食事《しょくじ》のあとかたづけをします。」

川原《かわはら》さんが、いったときだ。子どものなかの後方《こうほう》で、するどい叫《さけ》び声《ごえ》がおこった。

「神《かみ》さまをうごかしちゃ、だめ！」

みんなは声のほうをふりかえる。声の主《ぬし》は子どもたちの、ちょうどまんなかあたりに立っていた。荒井陽子《あらいようこ》だった。

「みんな、きこえないの。オオグチのマガミのお出ましなのよ。」

陽子がせわしげに頭《あたま》をめぐらせて、川のほうをふりかえる。川面《かわも》のあたりは、白いガスがうずまいていた。と、そのもやのなかから、ながながとした動物のほえ声《ごえ》がきこえてきた。

「ウワォー、オー、オー、オー。」

腹《はら》の底《そこ》にひびくような、ものすごいほえ声《ごえ》だ。

いっしゅん、広場《ひろば》のなかは静寂《せいじゃく》が支配《しはい》する。が、それもすぐにやぶられた。バシャ、バシャという水のなかを走る無数《むすう》の足音《あしおと》がきこえはじめたのだ。

その直後《ちょくご》、霧《きり》のなかから黒い影《かげ》がとびだしてきた。一頭《とう》、また一頭……。黒い影は、たき火《び》のあかりのなかをつぎつぎと走りぬけて、ふたたび闇《やみ》のなかにきえる。そのすがたは犬に似《に》ていた。

いったん暗闇《くらやみ》にかくれた獣《けもの》たちは、背後《はいご》の林のなかに駆《か》けこんだが、すぐに上流《じょうりゅう》の河原《かわら》にすがたをあらわし、大きな跳躍《ちょうやく》を見せながら川岸にそって下流《かりゅう》のほうに駆けていき、またしても後方《こうほう》の林のなかへとはいっていった。

獣たちは、河原にあつまっている子どもたちを中心にした大きな円《えん》を描《えが》きながら走りまわっているらしい。しかも、新手《あらて》がどんどん川をわたってくるので、その数はますますふえていく。

さいしょはあっけにとられていた子どもたちのあいだから、悲鳴《ひめい》があがり、獣《けもの》のすがたにおびえて右往左往《うおうさおう》しはじめた。

「みんな、おちついて。センターに避難《ひなん》するからね。ぜったいに駆《か》けださないこと。」

川原《かわはら》さんの上《うわ》ずった声がきこえたような気がしたが、だれも耳をかさない。あかりのなかに見えかくれする獣たちのすがたにおびえて、たがいにおし合いへし合いしているだけだ。

ハチベエもいつのまにかだんご状態《じょうたい》の子どもの群《む》れにかこまれて身動《みうご》きできなくなっていた。

そのとき、だれかがハチベエの手をつかんだ。

荒井陽子《あらいようこ》だった。陽子が、ハチベエの手をつかまえて、ぐいぐいとひっぱっている。陽子のうしろには圭子《けいこ》や由美子《ゆみこ》がいる。そのそばにハカセやモーちゃんの顔《かお》もあった。

「もうすぐオオグチのマガミたちは、いけにえをさがしてとびこんでくるわ。逃《に》げだせるのはそのときだけ。あたしのあとにつづいて走るの。」

たき火《び》の光に照《て》らされた陽子の顔は、まるで、べつのことでもかんがえているように無《む》

表情《ひょうじょう》だ。ただ、右手はしっかりとハチベエの手首《てくび》をにぎりしめている。

とつじょ子どもたちのなかから、ものすごい悲鳴《ひめい》がおこった。それまで周囲《しゅうい》を駆《か》けまわっていた獣《けもの》たちが、一列になって子どもの群《む》れのなかにとびこんできたのだ。子どもたちは、まさにクモの子を散《ち》らすように四方八方へ駆けだす。

大吾《だいご》のせなかに一頭《とう》の獣がとびのったと見るまに、さっとはなれる。大吾が声もなく地面にたおれた。その首《くび》すじから滝《たき》のようなしぶきがとびちった。獣がふたたび大吾のからだにとびつくのを、ハチベエはぼうぜんと見まもっていた。

とつじょ陽子《ようこ》が走りだした。陽子はまっすぐ川にむかって走っていく。腕《うで》をつかまれたハチベエも、ひきずられるように走りだした。

ひるまの雨で、川の水はかなり増水《ぞうすい》してはいたが、それでも太もものあたりまでだから、なんとかわたれないこともない。

ようやく川をわたり終えたところで、ハチベエは背後《はいご》をふりかえった。モーちゃん、ハカセ、それに圭子《けいこ》に由美子《ゆみこ》がしたがっているが、ほかの子どもたちは、センターや小屋《こや》の方向へと逃《に》げだしたらしい。たき火《び》のまわりには、まだ、逃げおくれた十数人《すうにん》の子どもたちが、うずくまっている。そのなかを無数《むすう》の獣《けもの》たちが駆《か》けまわり、子どもたちにとびかかっていくのが、ちらりと見えた。獣たちにおそわれた子どもたちが、いったいどうなってしまうのか、かんがえただけでも恐《おそ》ろしい。

対岸《たいがん》にあがったところで、陽子《ようこ》がようやくハチベエの手をはなした。そのままうっそうとした林のなかへと駆けこんでいく。

林の急斜面《きゅうしゃめん》を、陽子は無言《むごん》のまま駆けのぼっていく。いったい、どこにいくつもりなのか、だれもたずねようともしない。ただ、なんとなく陽子のあとにくっついて、息《いき》をはずませながら、走りつづけた。

道もないまっ暗《くら》な林のなかを、陽子は、まるで運動場《うんどうじょう》を走っているようなたしかな足《あし》どりですすんでいくのだ。不思議《ふしぎ》なことに、ほかの子どもたちも、けつまずくこともなく、かるがると走りつづけることができた。

およそ一時間、いや、もしかするともっと長い時間だったのかもしれない。ようやく陽子がスピードをゆるめる。

そこはひらけた草地だった。あたりがいやに明るいと思ったら、いつのまにか霧《きり》が晴れて、頭上《ずじょう》にまるい月がのぼっていた。ハカセが声をあげた。

「ここは牛首山《うしくびやま》の頂上《ちょうじょう》じゃないか。」

月の光に照《て》らされた草原のなかに、黒《くろ》ぐろとした岩が突《つ》きだしていた。ハカセたちが休んだ場所《ばしょ》にちがいない。

陽子《ようこ》は、ゆっくりとした足《あし》どりで岩のほうにすすんでいく。

岩のまえまでくると、陽子がほっとしたように、みんなをふりかえった。

「ここまでくれば、安心よ。ここは、ミナグロのオオミカミの神域《しんいき》だから、オオグチのマガミは、よりつかないわ。」

3

岩の根《ね》もとに腰《こし》をおろしたとたん、どっと疲《つか》れが出てきた。河原《かわら》から、道なき山肌《やまはだ》を休みなしに駆《か》けのぼってきたのだ。

「ハカセ、あいつらいったいなんなんだ。」

ハチベエが、グループのなかでいちばん物知《ものし》りにたずねる。

「ううん、かたちは犬に似《に》ていたね。色は、おそらく褐色《かっしょく》か茶色《ちゃいろ》……」

「それくらい、おれだってわかってるさ。正体《しょうたい》だよ、正体……。やっぱ、オオカミなんだろ。」

「オオカミというのは、もっと大型《おおがた》なんじゃないの。それに色は、どちらかというとグレー系統《けいとう》……。ほら、シベリアンハスキーっていう犬がいるじゃないか。オオカミって、あんな感《かん》じなんじゃないのかなあ。」

「ふうん、それじゃあ、さっきのは、やっぱり野良犬《のらいぬ》かなあ。あんまり大きくはなかったよな。」

「山のなかで生活するうちに、野生的《やせいてき》になったのかもね。それにしても、すごい数だったなあ。三十頭《とう》……。ううん、五十頭ちかくいたんじゃないの。」

「みんな、だいじょうぶだったかしら。もしかすると野良犬に殺《ころ》されたかもしれない。」

由美子《ゆみこ》が、悲痛《ひつう》な声をあげると、ふだん気の強い圭子《けいこ》までが、

「あたし、ちらっと見たんだけど、逃《に》げおくれたひとが、河原《かわら》にかたまってたの。野良犬

がとびかかってたの。」

声をふるわせる。

「だいじょうぶだろ。先生たちもいるし、インストラクターだってついてたんだから。」

ハチベエは、無理《むり》に明るい声でこたえたが、だれも同意《どうい》の声をあげない。

ハチベエ自身《じしん》、獣《けもの》におそわれた新村大吾《にいむらだいご》が、血《ち》しぶきをあげながらたおれる光景《こうけい》を目撃《もくげき》しているのだ。

そのとき、ハカセがえへんとせきばらいした。

「これから、どうするかってことだけど、夜中に行動するのは危険《きけん》だと思うんだ。まだ野《の》良犬《らいぬ》がうろついているかもしれないだろ。今夜《こんや》はここでじっとしていて、夜が明けてからもどることにしないか。」

こんどは、だれも異議《いぎ》をとなえるものはいなかった。

「だったら、たき火《び》しない。火が燃《も》えていると、動物がおそってこないんだろ。」

モーちゃんが、せなかのザックをおろしはじめた。

「へえ、おまえ、火《ひ》おこし道具《どうぐ》も持ってるのか。用意《ようい》がいいじゃないか。」

「う、うん。」

ザックのなかには、そのほかにもはいっているのだが、とりあえず今は、ヒキリイタとヒキリギネと懐中電灯《かいちゅうでんとう》だけを取りだす。

ハチベエとハカセは、懐中電灯のあかりをたよりに、近くのしげみから木の枝をさがしてきた。ひるま雨が降《ふ》ったので、ほとんどのたきぎはぬれていたが、それでもなんとかしげみのおくをさぐって、かわいた枯《か》れ葉《は》をあつめてたきつけにする。

苦労《くろう》して火種《ひだね》をちり紙《がみ》に燃《も》えつかせて、なんとかたきつけに点火《てんか》することができた。こまかな枝から順番《じゅんばん》に燃えあがらせて、じょじょに太い枝をくわえていく。三十分ほどして、なんとかたき火《び》らしい炎《ほのお》が燃えあがった。

「もしかしたら、この火を見つけて、ふもとのひとが助けにくるかもしれないね。」

モーちゃんが、あたりを見まわした。牛首山《うしくびやま》の頂上《ちょうじょう》は見晴《みは》らしがいいから、ひょっとすると、ふもとの町からもたき火のあかりが目撃《もくげき》されるかもしれない。

たき火のあかりを見つめていると、なんとなく、ほっとした気分《きぶん》になった。

「ああ、早く朝がこないかしら。」

由美子《ゆみこ》が、小さなあくびをする。

ハカセは、ふと陽子《ようこ》をふりかえった。陽子も、だまってたき火《び》の炎《ほのお》をみつめている。

ハカセは声をかけようか、どうしようかまよった。陽子の奇妙《きみょう》な行動《こうどう》について、質問《しつもん》したいのはやまやまだが、本人《ほんにん》にたずねても、まんぞくな回答《かいとう》は出てこないんじゃないか。そんな気がするのだ。

ハカセはたき火のそばによこたわった。縄文人《じょうもんじん》のコスチュームが、首《くび》すじにあたってちくちくする。しかし、それもすぐに気にならなくなり、ハカセはいつしか眠《ねむ》りにおちていた。


どこかでだれかが呼《よ》んでいるような気がして、ハチベエは目をあけた。そのとたん、まぶしい日の光がとびこんできた。

「おっ、朝か。」

とびおきたとたん、陽子のすがたが目にはいった。陽子が岩のそばに立って、なにやらぶつぶつとひとりごとをいっている。

「おはよう。無事《ぶじ》だったみたいだな。」

ハチベエは、かたわらによこたわる連中《れんちゅう》を見まわした。さいわい、四人とも、野良犬《のらいぬ》に食べられた形跡《けいせき》はない。

ハチベエの声に、圭子《けいこ》や由美子《ゆみこ》が目をさまし、つづいてハカセもめがねをずりあげながら、からだを起こした。モーちゃんだけは、いまだに深《ふか》い眠《ねむ》りのなかだ。

「おい、モーちゃん起きろ。おいていくぞ。」

モーちゃんのおなかをけとばすと、ハチベエは、陽子《ようこ》のそばによっていった。

「おまえ、だいじょうぶか。ゆうべも、ちょっとおかしかったけど……」

「べつに、おかしくないわよ。さあ、そろそろふもとにもどりましょう。」

陽子は、おちついた口調《くちょう》でこたえると、草原のなかを歩きだした。

「ねえ、だいじょうぶかなあ。まだ、センターのまわりに、野良犬がうろついてるなんてことはないよねえ。」

モーちゃんが、なんとなくあたりを見まわす。

「まさか……。あいつらは、ひるまはおとなしくしてるんじゃないのか。」

「でもさあ。ライオンなんか、ひるまでも獲物《えもの》をおそうんじゃないの。ぼく、テレビで見たことあるもの。」

「ライオンと野良犬《のらいぬ》はちがうだろう。もし出てきても、こんどはだいじょうぶだぜ。」

ハチベエが、右手ににぎった太い木の枝をふってみせた。頂上《ちょうじょう》ちかくでひろったのだ。

「おかしいわねえ。山道がなくなってる。」

尾根《おね》づたいにくだりながら、圭子《けいこ》があたりをきょろきょろ見まわした。陽子《ようこ》が歩いているのは、きのうの午前《ごぜん》ちゅうに往復《おうふく》した尾根すじなのだが、道らしきものが見あたらないのだ。

「ヨッコ、道がちがうんじゃないの。」

由美子《ゆみこ》が陽子のそばに駆《か》けよって注意《ちゅうい》したが、陽子は、かるく首《くび》をふった。

「だいじょうぶよ。この尾根をくだっていけば村にたどりつけるわ。」

やがてうっそうとした林のなかにはいりこんで、なおもくだりつづけると、やがて傾斜《けいしゃ》がゆるやかになってきた。

「ほら、村が見えてきた。」

陽子が右手をあげて指《ゆび》さす森の上に、白い煙《けむり》がいくすじかあがっていた。

やがて、一本の川のほとりに出た。対岸《たいがん》の低いしげみの向こうに、茅葺《かやぶ》きの小屋《こや》の屋根《やね》がいくつか見えた。どこかで、犬の鳴《な》き声《ごえ》もきこえる。

「ヤバいぜ。まだ、犬がうろついてるぞ。」

ハチベエが立ちどまると、陽子《ようこ》がわらった。

「あれは、ただの犬よ。オオグチのマガミではないわ。」

陽子はさっさと川をわたりだした。

川のなかほどまでわたったとき、ふいに茶色《ちゃいろ》の動物が二、三頭対岸《とうたいがん》の川岸にあらわれた。そのあとから、ひとり、またひとりと、人影《ひとかげ》があらわれた。

「けっ、びっくりさせやがるなあ。インストラクターの先生たちか。」

ハチベエが、ほっと息《いき》をはいた。みな腰布《こしぬの》一枚《まい》の半裸《はんら》の男たちだ。

なかのひとりが、なにやらかん高《だか》い声でわめいているのだが、まるで意味《いみ》がわからない。

と、先頭《せんとう》の陽子が、これまた意味不明《いみふめい》の叫《さけ》び声《ごえ》をあげた。

その声に、ほかの連中《れんちゅう》も、なにやら声高《こわだか》にしゃべりたてながら川岸に駆《か》けよってきた。

「ちょっと、ちょっと。あれ、インストラクターの先生じゃないわよ。」

ハチベエのそばによってきた圭子《けいこ》がささやく。なるほど、連中《れんちゅう》の顔《かお》は、どれもこれも見《み》覚《おぼ》えのない顔ばかりだ。ひげ面《づら》の顔になにやら赤い絵《え》の具《ぐ》ですじをつけているし、着ている衣装《いしょう》も、ハチベエたちのものとはなんとなくちがう。

そのときには、一行《いっこう》はすでに川をわたり終えていた。陽子《ようこ》が、出迎《でむか》えの男たちにむかって、しきりになにやら話しかけ、男たちも陽子に話しかけているのだが、いったいなにをいっているのか、ハチベエにはさっぱりわからない。

ひとりの男がハチベエたちのそばにやってきた。

「☆◎◇◆・◎◎◇☆。」

どこか外国のことばなのだろうか。きいたこともないようなことばで、せわしげに話しかけてくる。

「おい、なんとかしてくれよ。」

ハチベエは、うしろのハカセに助けをもとめた。

「ええ、アイ、キャン、ノット、スピーク、イングリッシュ。キャン、ユウ、スピーク、ジャパニーズ？」

ハカセが、たどたどしい英語《えいご》をしゃべりだしたとたん、男があとずさりをはじめた。そして、しきりにハカセの顔《かお》を指《ゆび》さしては、背後《はいご》の男にさけんでいる。

「おまえ、今、なんていったんだよ。」

「うん、ぼくは英語がしゃべれません。あなたは日本語がしゃべれますかって、たずねただけだよ。」

「たったそれだけで、どうして、あんなにびっくりしたんだ。」

そのとき、陽子《ようこ》がふりむいた。

「山中《やまなか》くんのめがねを見て、村のひとがおどろいてるの。もしかしたら、太陽《たいよう》の神《かみ》さまではないかって。」

ハチベエは、不思議《ふしぎ》そうに陽子の顔をのぞきこんだ。

「おまえ、この連中《れんちゅう》と、どうして話ができるんだ。だいたい、こいつらはなにものなんだよ。」

陽子は、はっとしたようにあたりを見まわす。

「あっ、ええと、どうしてかしら。とにかく、あたし、このひとたちのことばがわかるの。」

めがねのおかげだろうか。異様《いよう》な男たちの態度《たいど》は、あきらかに変化《へんか》してきた。

4

そんな男たちに、陽子《ようこ》がふたたびなにごとかしゃべりかけると、男のひとりが、さも、みんなを案内《あんない》するかのように、林のほうに歩きだした。

「村に案内してくれるそうよ。」

陽子が解説《かいせつ》してくれる。

歩きながら、ハカセは、なんども首《くび》をかしげた。ここは、たしかに学習《がくしゅう》センターのあった林にちがいない。東にそびえる牛首山《うしくびやま》の位置《いち》からかんがえても、ここはきのうまでハカセたちが泊《と》まっていたセンターの敷地《しきち》なのだ。しかし、河原《かわら》から見えるはずの灰色《はいいろ》の建物《たてもの》もないし、竪穴式《たてあなしき》の住居《じゅうきょ》のある林も、木がうっそうとしげっていて、まるでようすがちがってしまっている。

河原のおくの林にはいりこむと、学習センターと同じように、ちょっとした広場《ひろば》があり、広場《ひろば》をかこむように十ばかりの竪穴式住居《たてあなしきじゅうきょ》がならんでいた。ただ、どの小屋《こや》も、えらく不格好《ぶかっこう》でふぞろいな感《かん》じがする。おまけに広場も雑然《ざつぜん》としていて、いたるところに土器《どき》がならんでいたり、立ち木の枝にはウサギやシカの死体《したい》がぶらさがっている。

どの小屋からも、異様《いよう》なすがたの男女や子どもたちがとびだしてきて、一行《いっこう》をものめずらしそうにながめはじめた。

ざっと見わたしただけでも、五十人はくだらないだろう。着ているものは、いたってシンプルだった。男も女も目のあらい褐色《かっしょく》の布《ぬの》を腰《こし》にまいているだけで、上半身《じょうはんしん》ははだかだ。子どもたちにいたってはまるはだかだ。ただ、頭《あたま》や首《くび》や手首には、いろいろなアクセサリーをつけているし、顔《かお》には、赤い色で、口のまわりや目のまわりに筋状《すじじょう》のフェイスペイントをしている。

案内《あんない》の男が、とある小屋のまえでとまった。ほかの小屋よりも二まわりくらい大きな建物《たてもの》で屋根《やね》も高い。

一行が小屋のまえに立つと同時に、小屋のなかから半白《はんぱく》の髪《かみ》をたらした老婆《ろうば》が、ふたりの女にささえられるようにして出てきた。老婆は、目ヤニのたまった目をしばたたかせながら、念入《ねんい》りに観察《かんさつ》しているようすだった。

そのうち、老婆《ろうば》の視線《しせん》がハカセの顔《かお》でこおりついた。と、たちまちその場にすわりこみ、なにごとかわめきながら、両手でぽんぽんと柏手《かしわで》を打ち、地面に頭《あたま》をすりつけはじめた。

すると、まわりの連中《れんちゅう》も老婆をまねして、地面にひれふした。

「おまえ、すっかり尊敬《そんけい》されてるぞ。神《かみ》さまとまちがえられているんだぜ。」

ハチベエが、ハカセにささやく。

「こまるなあ。こんなことをされちゃあ。荒井《あらい》さん、みんなにちゃんと説明《せつめい》してくれよ。だいたい、このひとたち、いったいなにものなの。」

ハカセのことばに、陽子《ようこ》がかるくうなずく。そして、地面にひれふす老婆にむかって、またしても意味不明《いみふめい》のことばで話しはじめた。老婆も、陽子にむかってなにごとか話す。

ふたりの会話《かいわ》は、広場《ひろば》の住人《じゅうにん》たちにもきこえる。会話がすすむうちに住人たちも、ひとり、またひとりと地面から立ちあがって、子どもたちのまわりにあつまってきた。

老婆との会話が一段落《いちだんらく》したところで、陽子が、みんなをふりかえった。

「ええとね、山中《やまなか》くんのことは太陽《たいよう》の神さまではないけれど、神さまのお使《つか》いだっていっ

ておいたわ。それから、この村のひとたちは、このおばあさんの一族《いちぞく》で、ウズミの一族と
いうんだって。」
「ウズミの一族……」
「ウズミという名前の祖先《そせん》をもつ一族ね。このおばあさんも、五代目の族長《ぞくちょう》なんだって。」
「ねえ、ねえ、ここのひとたち、どうして、こんな大昔《おおむかし》の建物《たてもの》に住んでいるの。まるで縄《じょう》
文時代《もんじだい》みたいじゃないの。」
圭子《けいこ》が、いくぶん気味悪《きみわる》げにまわりの人びとを見まわした。このころになると、住人《じゅうにん》た
ちは、すぐそばまでやってきて、ものめずらしそうに、みんなのコスチュームや、足には
いているスニーカーを観察《かんさつ》しはじめていた。なかには、ずうずうしく手をのばして、ハチ
ベエが首《くび》にかけている貝殻細工《かいがらざいく》を指でさわったりしている。
「だって、今は縄文時代なんだもの。あたりまえでしょ。」
陽子《ようこ》は、いともかんたんにいってのけた。
「ちょい待《ま》ち。おまえ、今、なんていった。今が縄文時代だって?」
さすがのハチベエも、わが耳をうたがわざるをえない。

「そうよ。たぶん、紀元前《きげんぜん》三千年くらいじゃないかしら。」

「そんなー。どうして、どうしてそんな大昔《おおむかし》にやってきたの。あたしたち、タイムスリップしたってわけ。」

由美子《ゆみこ》がかなきり声《ごえ》をあげる。その声におどろいたらしい住人《じゅうにん》たちが、あわてたように、あとずさりした。

「荒井《あらい》さん、みんなにわかるように説明《せつめい》してくれないか。どうして、ぼくらはそんな大昔にやってきたの。」

ハカセが、なんどもめがねに手をやる。

と、陽子《ようこ》は、またしても口ごもりはじめた。

「どうしてって、あたしにきかれても……。あたしにもよくわからないのよ。でも、ここが縄文時代《じょうもんじだい》だってことは、まちがいないわ。

それから、あたしたちが、なぜ、ここにきたのかということもわかってる。あたしたちには、使命《しめい》があるの。ミナグロのオオミカミのお力を、ぜひとも借りなくてはならないの。

オオグチのマガミに対抗《たいこう》できるのは、ミナグロのオオミカミしかいないのよ。オオミカミ

のお力で、オオグチのマガミを鎮《しず》めていただかなければ、合宿《がっしゅく》のみんなは、いけにえにされてしまうでしょ。」

どうも、陽子《ようこ》のいうことは、よくわからない。そのとき、老婆《ろうば》が陽子にむかって、なにごとか話しかけた。

「とにかく、あたしたちは、このおばあさんの力を借りなくてはならないの。今から、その交渉《こうしょう》をするの。さあ、いきましょう。」

陽子は、くるりとまわれ右《みぎ》すると、老婆の案内《あんない》で小屋《こや》のなかにはいっていく。なにがなんだか、さっぱりわからないままに、ハチベエたちも、陽子のあとについて小屋のなかへとはいっていった。

学習《がくしゅう》センターの小屋の、およそ三倍はあるだろうか。高いてんじょうとひろびろとした床《ゆか》、床の中央《ちゅうおう》には、石でかこった炉《ろ》があって、火にかけられた大きなつぼから、なにやら、薬草《やくそう》のような香《かお》りのする湯気《ゆげ》がたちのぼっていた。

へやのおくには、二メートルもある石の柱が立っていて、そのまわりにおそなえものがならんでいるところは、センターの小屋とよく似《に》ていた。

老婆《ろうば》が丁重《ていちょう》なしぐさで、ハカセを祭壇《さいだん》のまえにすわるように指示《しじ》した。ハカセにつづいて、ハチベエもとなりに腰《こし》をおろそうとすると、老婆があわてたように、左手を指《ゆび》さした。祭壇のまえの席は、ハカセ以外《いがい》がすわってはいけないらしい。ハカセをのぞいたほかの連《れん》中《ちゅう》が左手にすわると、老婆は右手のいちばんおくにしゃがみこみ、つづいて村人たちが、つぎつぎと老婆の下手《しもて》や、そのうしろにしゃがむ。その数《かず》は十人くらいだろうか。ほかの村人たちは、われがちに入り口ちかくにしゃがみこんだ。

小屋《こや》にはいれないものは、せまい入り口から首《くび》を突《つ》きだして、なかのようすをうかがいはじめた。

陽子《ようこ》が、モーちゃんにささやいた。

「奥田《おくだ》くん、懐中電灯《かいちゅうでんとう》もってたわね。あれを、山中《やまなか》くんにわたしてほしいの。山中くん、あなたは、太陽《たいよう》の神《かみ》のお使《つか》いだから、みんなに懐中電灯をつけてみせてよ。」

モーちゃんは、ザックのポケットから懐中電灯をとりだすと、ハカセにわたした。ハカセがおもむろにスイッチをおす。

そのとたん、小屋のなかがぱっと明るくなり、ウズミ一族《いちぞく》の口から驚《おどろ》きの声があがった。

陽子《ようこ》がおちついた声で、なにごとか宣言《せんげん》した。老婆《ろうば》は、なんどもうなずきながら、ハカセにむかって頭《あたま》をさげる。

「この小屋《こや》に、太陽《たいよう》の神《かみ》をお招《まね》きしたんだと、説明《せつめい》しておいたわ。そのほうが、これからの交渉《こうしょう》に役立つと思うの。」

陽子がハカセにささやく。

「つまり、ミナグロのオオミカミの力を借りるんだね。しかし、どうやって……？」

「この一族《いちぞく》は、昔《むかし》からミナグロのオオミカミの力をひきだす方法《ほうほう》を知っているの。このひとたちにたのめば、なんとかなると思うわ。」

陽子の自信《じしん》たっぷりの顔《かお》をながめながら、ハカセは、なんども口に出かけたことばをのみこんだ。

「なぜ、そんなことを知ってるの？」

おそらく陽子は、なんの答えも持ちあわせてないだろう。陽子は、なにかにあやつられているにちがいない。

それがなにもの……。

いや、はたして人格《じんかく》のある存在《そんざい》なのかどうか、それさえも、わからないのだが……。

5

小屋《こや》のなかでは、陽子《ようこ》と老婆《ろうば》の会話《かいわ》がえんえんとつづいている。ときおり、そばの男たちも会話にくわわる。

彼《かれ》らが、いったいどんな話をしているのか、モーちゃんにはさっぱりわからないし、会話の内容《ないよう》にも、あまり関心《かんしん》はない。

モーちゃんの最大《さいだい》の関心事《かんしんじ》は、はたしてこのおかしな村から、いつ、どうやってセンターに帰りつくことができるのかということだった。

きのうの夕食以来《ゆうしょくいらい》、いちどもまともな食事《しょくじ》というものをしていない。けさは、朝食《ちょうしょく》もとらずに、すぐに山をおりてきたのだ。

モーちゃんは、ひざの上にだいたナップザックをなでる。このなかには、まだ新品《しんぴん》のカップめんが二つと、封《ふう》を切っていないチョコ菓子《がし》とスナックがはいっている。

あのいろりでお湯をわかしたら、カップめんが食べられるなあ。モーちゃんは、目のまえの炉《ろ》をみつめた。

でも、カップめんは二つしかないから、みんなで分けたら、ほんのすこししか口にはいらないだろう。

チョコ菓子《がし》だって、六人で分けたら、一人三粒《つぶ》くらいになってしまうにちがいない。

スナックも一握《にぎ》りくらいだろうか。

これじゃあ、おなかのたしには、なりそうもない。

モーちゃんは、まわりを見まわした。

ここが、縄文時代《じょうもんじだい》の村なら、やはり縄文クッキーとか、ゆでたサトイモを食べているのだろうか。山菜《さんさい》のおひたしは、あまりおいしくないけど、鶏《とり》の股肉《ももにく》や、塩漬《しおづ》けのイノシシは、あんがいおいしかった。

そうだ、荒井《あらい》さんにたのんで、なにか食べさせてもらえるよう、村のひとに交渉《こうしょう》してもらわなくちゃあ。

モーちゃんが顔《かお》をあげたとき、ようやく村人たちとの交渉が終わったらしい。

陽子《ようこ》が、ほっとしたような顔《かお》で、みんなをふりかえった。

「なんとかなりそうよ。オオグチのマガミを鎮《しず》めるお祭《まつ》りをすることになったの。」

「そいつをやれば、おれたち、もとの世界にもどれるのか。」

ハチベエがそくざにたずねると、陽子はたよりなさそうにうなずいた。

「ええ、たぶん……。あたしたちが、この世界にやってきたのは、そのためだと思うの。だから役目が終われば、あたしたち、もとの世界に帰ることができると思うわ。」

「思うって……、おまえ、無責任《むせきにん》じゃないか。おれたちをこんなへんてこなところに連れてきたのはおまえだろ。」

「あたしに、文句《もんく》いわないでよ。あたしだって、いったい、なにがどうなってるのか、さっぱりわかんないんだから。」

陽子とハチベエが論争《ろんそう》をしているあいだに、村人たちの動《うご》きがあわただしくなってきた。

男たちが、つぎつぎと小屋《こや》をとびだしていく。

かわって、それまで小屋にはいれなかった女性《じょせい》や子どもたちが、小屋のなかになだれこんできて、祭壇《さいだん》のまえにすわっているハカセを拝《おが》みはじめた。そして、こんどは小屋の左手に腰《こし》をおろしているハチベエたちのまわりにひしめいて、ものめずらしそうに服をさわったり、スニーカーを指でなではじめた。

村人たちのからだからは、異様《いよう》なにおいがする。

由美子《ゆみこ》が、小さな悲鳴《ひめい》をあげた。

由美子のそばにしゃがみこんだ女性《じょせい》が、うつむいてスニーカーのひもをひっぱりはじめた。女性の頭《あたま》が、ちょうど由美子の目のまえにあるのだが、由美子は顔《かお》をのけぞらせるようにして、女性の頭からのがれようとしている。

ちょんまげのように結《ゆ》いあげた女性の髪《かみ》には、なにやら白い粉《こな》のようなものがいっぱいくっついていた。さいしょは、ごみかフケでもついているのかと思ったが、目をこらすと、白い粉は、もぞもぞとうごきまわっていた。シラミだった。

それを見たとたん、ハチベエも、なんとなくからだがかゆくなってきた。

さきほど顔に絵《え》の具《ぐ》をぬっているのかと思ったが、近くで見ると、どうも入《い》れ墨《ずみ》のようだ。顔一面《かおいちめん》に、筋状《すじじょう》の入れ墨をほどこしているのだ。もっと異様《いよう》なのは、村人たちの前歯《まえば》が一本ぬけおちていることだ。みんな同じ歯がぬけているところをみると、虫歯《むしば》ではなさそうだ。もしかすると、前歯《まえば》をぬくのも縄文人《じょうもんじん》の習慣《しゅうかん》なのかもしれない。どちらにしても、なんともいたそうな習慣だ。

「あたしたち、外に出てもいいかしら。」

圭子《けいこ》もからだをもじもじさせながら、陽子《ようこ》におうかがいをたてる。

「お祭《まつ》りの準備《じゅんび》がととのうまで、どれくらいかかるかわかんないもの。あとは、待《ま》つしかないみたいねえ。」

陽子は、老婆《ろうば》にむかってなにごとか話しかけると立ちあがった。

一行《いっこう》が小屋《こや》を出ると、村人も、ぞろぞろあとにしたがう。

「おい、なんとかしてくれよ。金魚《きんぎょ》のふんみたいに、くっついてこられちゃあ、ションベンもできないじゃないか。」

ハチベエが、陽子に抗議《こうぎ》した。

「しかたないわね。山中《やまなか》くんは、太陽《たいよう》の神《かみ》さまのお使《つか》い、あたしたちは、その家来《けらい》ということになってるんだから。」

「なんだよ。おれは、ハカセの家来か。」

そういえば、ハカセのまわりには、あまり村人が近づかない。ハカセが小屋《こや》を出て歩きはじめると、いそいで道をあける。神《かみ》さまのお使《つか》いに近づくのは、失礼《しつれい》にあたると思っているのだろう。

ためしにハカセのそばにいくと、今までそばにくっついてきた村人が、さっといなくなった。

しぜんに、みんなもハカセのそばによりそうようなかたちになった。

「荒井《あらい》さん、きみのわかっているだけでいいから、すこし説明《せつめい》してくれないか。ぼくらは、これからどうなるの。」

太陽《たいよう》の神さまのお使いが、陽子《ようこ》にたずねる。

「あたしの役目は、ミナグロのオオミカミの力を借りて、オオグチのマガミを鎮《しず》めてもらうことらしいの。それができるのは、このウズミの一族《いちぞく》しかいないのね。」

「オオグチのマガミというのが、ぼくらをおそった動物たちのことなんだね。つまり、あの動物は、縄文時代《じょうもんじだい》の神さまなんだ。」

「ちょっと、待《ま》ってよ。」

圭子《けいこ》が口をはさんだ。

「どうして縄文時代《じょうもんじだい》の神《かみ》さまが、現代《げんだい》にあらわれたりしたの。おかしいじゃないのよ。」

「おかしいっていえば、あたしたちが、今、ここにいることだっておかしいわよ。」

由美子《ゆみこ》がちらりとまわりを見まわす。村人たちは、五メートルほどの距離《きょり》をあけて、まわりをとりまき、興味《きょうみ》しんしんといった顔《かお》つきで、一行《いっこう》をながめている。

「そのことを今、議論《ぎろん》してもしようがないよ。荒井《あらい》さんだって、わかんないんだから。とにかく、ぼくらは二十一世紀から縄文時代にタイムスリップしたんだ。同じように、あの動物たちも、縄文時代から現代《げんだい》にタイムスリップしてしまった。彼《かれ》らを、この時代にもどすには、ミナグロのオオミカミという神さまの力を借りなくてはならない。そういうことなんだね。」

さすがに太陽《たいよう》の神さまのお使《つか》いだけあって、ハカセは、ものわかりがよろしい。

「そうなの。だから、あたしはこの村のひとにたのんだの。彼らにはそれができるのよ。」

「ふうん、まあ、なんでもいいから、そのお祭《まつ》りっていうのを、早くやってもらって、さっさとこの世界から帰りたいもんだな。祭りの準備《じゅんび》っていうのは、どうなってるんだ。」

ハチベエが、あらためて広場《ひろば》を見まわした。さきほどまで小屋《こや》にいた男たちのすがたはなかったが、村にのこっている女性《じょせい》たちはいたってのんきそうに、ハチベエたちを見物しているだけで、いっこうにお祭《まつ》りの準備《じゅんび》をはじめるけはいもない。

「あのさあ、ぼくらの食事は、どうなるの。なにか、食べさせてもらえるのかしら。」

モーちゃんが、最大の関心事《かんしんじ》について質問《しつもん》した。

「そういやあ、はらへったな。おい、モーちゃん、おまえ、食《く》いもの持ってるんだろ。みんなで食べようぜ。」

ハチベエが、じろりとモーちゃんのザックを見る。

とたんに陽子《ようこ》がはげしく首《くび》をふった。

「だめ、だめ。この村にいるかぎり、この村のひとと同じ食事《しょくじ》をしなければ、失礼《しつれい》にあたるわよ。」

「また、縄文《じょうもん》クッキー食べるの。」

由美子《ゆみこ》がげんなりしたような声をあげた。

「だいじょうぶよ。あたしたちは、貴《とうと》いお客さまなんだから、きっと、すごいごちそうを

食べさせてもらえるわ。」

陽子《ようこ》が、にっこりわらった。

いつのまにか、村人たちの輪《わ》がくずれていた。おとなの女性《じょせい》たちは、三々五々《さんさんごご》、ハチベエたちのまわりからはなれて、それぞれの仕事をはじめていた。ただ、はだかの子どもたちだけが、いまだに一行《いっこう》にまといついてくる。

「お祭《まつ》りって、やっぱり夜にならないとはじまらないのかしら。」

圭子《けいこ》が、陽子にきいている。

「さあ……。おばあさんが、男のひとに、お祭りの準備《じゅんび》をしなさいって命令《めいれい》していたけど、どんな準備をするのか、あたしにもわからないのよねえ。」

「それにしても、ヨッコも災難《さいなん》ね。おかしなことになっちゃって。」

「ほんと、頭《あたま》がおかしくなりそう。どうして、あたしだけ、この世界のことがわかるんだろう。まるで、べつのなにかがからだにのりうつったみたいなのね。あああ、早く、もとの世界にもどりたいわ。」

陽子が、ため息《いき》をついた。

「でも、もとの世界にもどっても、あのオオカミみたいなやつにおそわれて殺《ころ》されるのは、いやだなあ。みんなはどうしたかしら。無事《ぶじ》に逃《に》げだしたのかなあ。」

圭子《けいこ》が、林の向こうにそびえる牛首山《うしくびやま》の頂上《ちょうじょう》をみつめる。

「だから、お祭《まつ》りがどうしてもひつようなんだと思うわ。お祭りをすれば、あの獣《けもの》たちは逃げだすはずよ。」

「でも、みんなは、もうおそわれたあとなのよ。そりゃあ、あたしたちは安全かもしれないけれど、みんなは、もう、食べられちゃってるかも……」

ふいに、圭子がしゃくりあげた。

気の強い圭子が泣《な》くなんてことは、長い小学校生活でも、あまりお目にかかったことはない。

すこしはなれた場所からそれを目撃《もくげき》しながら、ハチベエは、一つのことわざを思いだしていた。

鬼《おに》の目にも涙《なみだ》。

4 神《かみ》さまの復活《ふっかつ》

1

真夏の太陽はそろそろ西にかたむき、大きなカシワの木《こ》かげが地面に長い影《かげ》をおとしている。

モーちゃんが腰《こし》をおろした根もとあたりは、すでに西日があたりはじめていたが、木かげを追《お》って移動《いどう》する気にもなれない。

この村にやってきたのは午前《ごぜん》ちゅうだった。それ以来《いらい》、水以外《いがい》、なにも口にいれていないのだ。

広場《ひろば》の反対側《はんたいがわ》では、村の女たちがはたらいていた。あるグループは粘土《ねんど》をこねて、土器《どき》をこしらえているし、あるグループは、イノシシを解体《かいたい》して、肉《にく》や内臓《ないぞう》をそばの木につるしていた。ほかのグループは、木の皮《かわ》を木《き》づちでたたいている。

ハカセやハチベエ、それに女の子たちは、それらの作業《さぎょう》がおもしろいらしく、村人たちのあいだを歩きながら、作業のようすをのぞきこんでいるが、モーちゃんには、その元気もなかった。

すわりこんでいるモーちゃんのまわりには、数人《すうにん》の子どもたちが、これまた地べたにすわりこんで、モーちゃんを見物《けんぶつ》していた。

歳《とし》はせいぜい三、四歳《さい》だろうか。女の子も男の子もいるが、みんなまるはだかだ。彼《かれ》らよりも大きな子どもは、女性《じょせい》たちといっしょにはたらいている。縄文時代《じょうもんじだい》は生活がきびしいから、子どもといえどもあそんではいられないのだろう。

もっとも現代《げんだい》だって、七歳になれば学校にかようし、もっと小さいときから勉強させられる子どももいるのだから、同じことだ。

モーちゃんは目のまえにむらがる子どもたちをながめながら、そんなことをかんがえていた。

林のほうから、またしても三人ばかりのちびっ子が駆《か》けてきた。みんな女の子だった。

なかのひとりが、モーちゃんにむかって、おずおずと手をのばした。

植物《しょくぶつ》のつるで編《あ》んだかごのなかに、キイチゴがいっぱいはいっていた。

「ぼくに、くれるの。」

モーちゃんがたずねると、女の子はちょっと首《くび》をかしげる。ことばがわからないのだ。

モーちゃんは、かごのなかからキイチゴをつまみだして口にいれた。甘《あま》ずっぱい果汁《かじゅう》が口にひろがる。

「おいしい。」

思わず顔《かお》をほころばせる。

「オイシイ。」

女の子もわらいながら、モーちゃんの口まねをした。すると、まわりの子どもたちも、つぎつぎと口まねをしはじめた。

「オイシイ。」「オイシイ。」「オイシイ。」

モーちゃんは、たちまちかごのなかのキイチゴをたいらげる。

さいごの一房《ふさ》をつまんだとき、モーちゃんは、女の子にたずねてみた。

「これ、なんていうの。」

キイチゴを女の子の目のまえにかざして、首《くび》をかたむけてみせると、女の子は得意《とくい》そうにこたえた。

「オイシイ。」

「そうじゃなくて、名前はなんていうのかなあ。」

「ナマエ……。」

女の子も、首をかしげた。

そのとき、かごを持つ女の子の手の甲《こう》に、血《ち》がにじんでいるのに気がついた。キイチゴのとげでひっかいたのかもしれない。

モーちゃんは、かたわらのナップザックをひらいて、救急《きゅうきゅう》セットのなかから救急《きゅうきゅう》ばんそうこうをとりだした。そして、女の子の傷口《きずぐち》にはってやった。

女の子が、傷口にはられたばんそうこうに目を見はる。まわりの子も、驚《おどろ》きの声をあげて女の子の手の甲をのぞきこみ、そっと指でさわりはじめた。

とつぜん女の子が、大声をあげながらおとなたちのほうに駆《か》けだしていった。そして女

たちに、自分《じぶん》の手を突《つ》きだして、なにごとかわめきはじめた。おとなたちも女の子の傷口《きずぐち》をのぞきこんでいる。女の子が、モーちゃんのほうを指《ゆび》さしている。

なにか、まずいことをしたんじゃないのかな。

モーちゃんは、緊張《きんちょう》した。なにしろ、ここは縄文時代《じょうもんじだい》なのだ。救急《きゅうきゅう》ばんそうこうなんて、だれも知らないだろう。

ひとりの女が、子どもの手をひいて、足ばやにモーちゃんのほうにやってきた。どうやら母親《ははおや》らしい。そして、なにごとかさけびながら、モーちゃんのまえに、ひざまずく。

それから、こんどはくるりとうしろ向きになって自分のせなかを突きだした。肩《かた》のあたりが赤くはれあがり、まんなかが紫色《むらさきいろ》のあざになっている。なにかに強く打ちつけたのかもしれない。女が、首《くび》だけモーちゃんのほうにむけて、また、なにかわめいた。この傷《きず》も、なんとかしてくれないかとたのんでいるのだろう。

「ちょっと待って……。」

救急《きゅうきゅう》セットのなかに、湿布《しっぷ》のシールが三枚《まい》ほどはいっていた。モーちゃんは、その一枚をはりつけてやった。女が感嘆《かんたん》の声をあげる。そのころには、おとなたちもモーちゃんのまわりにあつまり、女の肩《かた》にはられた湿布《しっぷ》を指でなでたり、鼻《はな》を近づけて、くんくんかいだりしている。

と、こんどはべつの女がおなかをおさえながら、なにごとかうったえはじめた。どうやらおなかがいたいといっているらしいのだが、外傷《がいしょう》なのか、腹痛《ふくつう》なのか、よくわからない。

「荒井《あらい》さん、このひと、なんていってるか、わかる。」

ときならぬ騒《さわ》ぎに駆《か》けつけてきた陽子《ようこ》に、モーちゃんは通訳《つうやく》をたのむことにした。陽子が、おなかをおさえている女に、なにごとか話しかける。女が、こんどはおしりをおさえて顔《かお》をしかめる。

「なにか悪いものを食べて、下痢《げり》してるらしいわね。」

「ふうん、そんなら下痢《げり》止《ど》めの薬《くすり》をのませてあげようか。薬の飲《の》みかたをおしえてあげてくれる。」

モーちゃんは、下痢止めの薬を四粒《つぶ》、女のてのひらにのせてやった。かたわらの陽子が、飲みかたをおしえた。女はこげ茶色《ちゃいろ》の丸薬《がんやく》を、いくぶん気味悪《きみわる》げにながめ、においをかいでいたが、やがて意《い》を決《けっ》したように広場《ひろば》のすみにおいてある水がめの水をすくうと、水ととものみこんだ。

ほかの女たちも心配《しんぱい》そうに女の表情《ひょうじょう》をうかがっている。女の表情がしだいに明るくなってきた。やがてうれしそうにモーちゃんのかたわらにやってきて、おなかをさすりながら、なんどもうなずいてみせる。

「もう、痛《いた》みがとれたみたいよ。」

陽子《ようこ》がわらいながら解説《かいせつ》した。

「ええ、もう、なおっちゃったの。」

いくらなんでも効《き》き目《め》が早すぎる。

さっき湿布薬《しっぷやく》をはってやった打《う》ち身《み》の患者《かんじゃ》も、自分の肩《かた》をぽんぽんとたたいて、痛みがとれたとよろこんでいる。

「古代人《こだいじん》は、薬《くすり》なんかつかったことがないから、敏感《びんかん》に反応《はんのう》するんだろうな。それに、暗《あん》示《じ》の力も作用《さよう》しているんじゃないの。」

ハカセがかんがえぶかげに解説《かいせつ》してくれた。

「でも、これからがたいへんよ。いろんな患者《かんじゃ》がおしかけてくるかもしれないわね。」

大よろこびしている女たちをながめながら、陽子《ようこ》がちょっと顔《かお》をくもらせた。

陽子のいったとおり、話をきいた村人たちが、つぎつぎとからだの不調《ふちょう》をうったえて、モーちゃんのそばにやってくるようになった。なかにはかなりひどいけがをして、傷口《きずぐち》が化膿《かのう》しているものもいるし、胸《むね》のあたりの痛《いた》みをうったえるだけで、いったい、なにが原《げん》因《いん》なのかわからない患者《かんじゃ》もいる。

けがをした患者には、スプレー式《しき》の消毒薬《しょうどくやく》、からだの不調《ふちょう》をうったえる患者には、風邪《かぜ》薬《ぐすり》か、下痢止《げりど》めの薬《くすり》をのませた。さいしょは、規定《きてい》の量《りょう》をあたえていたが、数がおおいので、一人一粒《つぶ》ずつにしたが、不思議《ふしぎ》なことにどんな病気《びょうき》の人間も、モーちゃんの薬をのんだとたん元気になった。

いつのまにか、あたりが暗《くら》くなり、広場《ひろば》の中央《ちゅうおう》では、大きなたき火《び》が燃《も》えはじめた。

そのとき、林の向こうから犬のほえ声《ごえ》がきこえてきた。

その声をきくと、モーちゃんのまわりにあつまっていた女も子どもも、いっせいに村の入り口に駆《か》けだしていく。

やがて、手に手に弓矢《ゆみや》をたずさえた男たちが帰ってきた。男たちのうしろから、四本の足をくって、さかさにつるした獣《けもの》を棒《ぼう》にかついだ少年たちがつづく。全身《ぜんしん》が褐色《かっしょく》の毛におおわれた獣だった。ふさふさと長い尾《お》が地面にくっつきそうだ。目はとじられていたが、なかばあいた口さきから、するどい牙《きば》と黒っぽい舌《した》が見えた。

「ゆうべ、おれたちをおそったやつじゃないか。」

ハチベエがささやく。

「ほんとだ。やっぱり野良犬《のらいぬ》だったのね。でも、なんだかこわそう。」

由美子《ゆみこ》が、ぞくりとからだをふるわせた。

「ちがうよ。あれは、やっぱりオオカミだよ。絶滅《ぜつめつ》したニホンオオカミだ。」

ハカセが興奮《こうふん》したようにさけんだ。すがたは中型《ちゅうがた》の犬とあまりかわりないが、細い耳や、剛毛《ごうもう》におおわれたからだ、太くて長いしっぽは、ふだん見なれた飼《か》い犬《いぬ》とは思えない。

「オオグチのマガミ……。」

陽子《ようこ》が、低くつぶやく。

「あれが、オオグチのマガミなんだね。」

ハカセがふりかえると、陽子が小さくうなずいた。

そのとき、すこしおくれて、またしても獣《けもの》をかついだ少年たちが広場《ひろば》にはいってきた。こちらは、オオカミよりも数倍《すうばい》大きな獣だった。全身《ぜんしん》がまっ黒な毛におおわれている。太い手足やからだにくらべて、頭《あたま》は意外《いがい》に小さい。すがたはツキノワグマそっくりだが、胸《むね》の白い毛がまったくない。

「めずらしいね。月《つき》の輪《わ》のないツキノワグマだな。」

ハカセのことばに、陽子《ようこ》が、またしても低い声でつぶやいた。

「ちがう。ミナグロのオオミカミよ。」

ハカセは思わず、陽子をふりかえった。

「それじゃあ、オオグチのマガミというのがオオカミで、ミナグロのオオミカミというのがツキノワグマなんだね。」

なるほど、そういえば今のツキノワグマには月の輪がなかった。全身まっ黒のクマだから、ミナグロなのだ。おそらく全身黒色のクマはめずらしいから、古代人《こだいじん》が神《かみ》さまの化身《けしん》とかんがえても不思議《ふしぎ》はない。しかも、クマのほうがオオカミよりも力が強い。もしかすると、自然界《しぜんかい》でもクマのすんでいる場所は、オオカミが遠慮《えんりょ》するのかもしれない。

しかし、それはあくまでも古代《こだい》のことだ。野外学習《やがいがくしゅう》センターの敷地《しきち》にあらわれたオオカミの群《む》れを、どうやってやっつけられるというのだろう。

2

大きな月が中天《ちゅうてん》にかがやいている。そういえば、「あちらの世界」も、満月《まんげつ》にちかかったし、季節は真夏だった。そのあたりは、こちらの世界も同じらしい。しかし……。

ハチベエは、まわりを見まわした。

広場《ひろば》のまんなかでは、盛大《せいだい》なたき火《び》が燃《も》やされ、そのまわりに村人たちが腰《こし》をおろしている。ハチベエたち、お客さんたちも村人の輪《わ》のなかにいれられていた。

正面の大きな小屋《こや》のまえには、何本もの柱がたてられていて、さまざまな食べものがおそなえしてある。たぶん神《かみ》さまをまつる祭壇《さいだん》なのだろう。そのまえの席に、ハカセとモーちゃん、そのよこに陽子《ようこ》がすわり、そのまたとなりに例《れい》の老婆《ろうば》がすわっている。

ハカセは、太陽《たいよう》の神のお使《つか》いということになっているから、まあ、特別扱《とくべつあつか》いされてもしかたがないし、陽子《ようこ》も通訳《つうやく》という役目《やくめ》がら、ハカセのよこにいてもいい。ただ、モーちゃんまでも特別扱《とくべつあつか》いされるのは、ハチベエにとって、はなはだ不満《ふまん》だった。

「なあ、圭子《けいこ》。これって差別《さべつ》だよなあ。」

ハチベエは、となりの一般席《いっぱんせき》にすわらされている圭子に不合理《ふごうり》をうったえた。

「あいつ、ばんそうこうをはってやったり、下痢止《げりど》めのませただけだろ。おれだって、ナップザック持ってきてたら、それくらいのこと、してやれたのにさ。」

圭子が、鼻《はな》を鳴らしてわらってみせた。

「あんたも、なにか芸《げい》をしてみせたら。そしたらスペシャル席にすわらせてもらえるかもよ。」

それから目のまえのお皿《さら》からクルミの殻《から》をつまんで、そばの石でたたきつぶすと、なかの実を食べはじめた。

「あああ、合宿《がっしゅく》の縄文食《じょうもんしょく》は、もっとおいしかったのに、ほんものの縄文食はひどいわね。」

圭子がため息《いき》をつく。目のまえの皿には、ゆでたクマの内臓《ないぞう》が、とぐろをまいていた。これは村人が特別《とくべつ》サービスで、客であるハチベエたちにふるまってくれたのだが、気味《きみ》が悪くて食べられない。そのほかバッタの炒ったものや、草の葉っぱ、魚のまわりに、これまた木の実をすりつぶしたものをまぶして蒸《む》し焼《や》きにしたものとか、いろいろくばられたが、どれも、ほとんど味《あじ》がついていないので、ちっともおいしくない。

縄文《じょうもん》クッキーらしいものも出てきたが、これまたモサモサして、食べられたしろものではなかった。

それに、いちばんこまったのはお酒《さけ》だ。

村人にすすめられて、黒っぽい液体《えきたい》を口にふくんでみたが、口がひんまがるほどの酸《す》っぱさで、おまけにくさったような強烈《きょうれつ》なにおいがする。ひと口《くち》のみこんだとたん、からだがかっかと熱《あつ》くなってきた。

ところが、こんなまずいものを縄文《じょうもん》の人びとは、大よろこびで何杯《なんばい》もおかわりしているし、ゆでたクマの内臓《ないぞう》もひっぱりだこだ。

けっきょく、ハチベエたちの口にはいるものといえば、せいぜいあぶった川魚と、クルミやクリなどの木の実と、キイチゴやクワの実など野生《やせい》の果物《くだもの》だけだ。

そのとき、ひげ面《づら》の男がどすんとハチベエのそばにすわり、にたにたわらいながら、手にしたつぼをハチベエのまえにおかれた小さなコップにかたむける。例の酸《す》っぱいお酒《さけ》が、なみなみとそそがれる。

「☆◎◇◆、◎◇◆☆。」

ひげ面《づら》が、なにやら意味不明《いみふめい》のことばをしゃべる。どうやら酒をすすめているらしい。

ハチベエは首《くび》をふり、コップをてのひらでおおってのめないことをしめしたが、相手《あいて》には、とんとつうじないらしい。ハチベエがのむのを、じっと待《ま》っている。

「八谷《はちや》くん、のまないと、きげん悪くするかもよ。」

反対側《はんたいがわ》にいた由美子《ゆみこ》が、そっと忠告《ちゅうこく》した。

「まいったなあ。かんべんしてくれよ。」

ハチベエはいたしかたなくコップを手にとると、ほんのすこし口にいれた。

「◎◇◆、◎☆◇◆。」

ひげ男が、またしてもなにやらわめく。

ええい、めんどくさい。

ハチベエはいっきにのみほした。のどをとおりすぎたとたん、からだのなかがかっかとしてきた。

ひげ男がすかさず酒《さけ》をつぐ。

「ようし、こうなったら、とことんのむぞ。」

ハチベエは、ぐいとコップをあおった。さいしょほど酸《す》っぱくないし、においも気にならない。それに、なんとなく、そこはかとない甘《あま》みがわいてきた。

「うん、けっこううまいなあ。」

こんどは自分からコップを突《つ》きだした。ひげ男が、うれしそうにハチベエの肩《かた》をたたき、自分のコップにも酒をつぎ、これまたいっきにのみほす。

「へえ、おじさんもいける口だな。よし、こんどはおれがついでやるよ。」

男の手からつぼをうばいとって、なみなみとついでやると、男はまたもやうれしそうにコップをおしいただいて、ぐいぐいとあおった。

それから、ふいに立ちあがると、まわりの人間になにかさけんだ。すると、ほかの男たちもつぎつぎと立ちあがり、たき火《び》のまわりにあつまりはじめた。

女たちが、歌をうたいはじめた。

歌詞《かし》は、まるでわからない。抑揚《よくよう》のすくない、ゆっくりとした旋律《せんりつ》だ。歌にあわせて男たちが、手をふり足をふみしめておどりだす。これまた、ごくごく単調《たんちょう》な踊《おど》りだ。

「へっ、あれなら、おれだっておどれらあ。」

ハチベエが、すっとんきょうな声をあげて、よろよろと立ちあがった。そして、あぶなっかしい足どりで踊りの輪《わ》にわりこみ、手足をうごかしはじめた。

踊り手のなかからも、歌い手たちのなかからも歓声《かんせい》があがり、がぜんいきおいがつきはじめた。

女たちのなかから、不思議《ふしぎ》な音がおこった。口になにやらくわえているらしい。口のあたりから、ビョーン、ビョーンと、糸をはじくような音がきこえる。これも縄文《じょうもん》の楽器《がっき》なのだろう。

ついに女性《じょせい》たちも、うたいながら踊りの輪にくわわりはじめた。

「ねえ、ねえ。あたしたちもおどりましょうよ。」

由美子《ゆみこ》が、圭子《けいこ》をさそう。

「そうね、ハチベエだけに、いいかっこさせるの、くやしいもの。」

圭子《けいこ》も由美子《ゆみこ》も、ついに踊《おど》りの輪《わ》にとびこんだ。

なんとも不思議《ふしぎ》な気持ちだった。自分が別世界《べっせかい》にいるというのに、まるで、その違和感《いわかん》がないのだ。なんだか、おじいちゃんの田舎《いなか》の盆踊《ぼんおど》りにくわわっているような、そんななつかしさみたいなものを感《かん》じはじめていた。

やがて、中天《ちゅうてん》の月も林のこずえにかくれ、たき火《び》の炎《ほのお》も、いくぶん弱くなってきた。祭壇《さいだん》のまえの老婆《ろうば》が、よろよろと立ちあがったのは、そのときだった。

老婆が立ちあがると、踊りの輪がさっとひらき、村人たちはたちまちもとの位置《いち》にうずくまった。

老婆のしわがれた声がひびく。

すると、ひとりの男が両手になにやらひっさげて、しずしずと祭壇のまえにすすみ、それを老婆にわたした。老婆は、それを祭壇にそなえる。液体《えきたい》のつまった革《かわ》ぶくろが二つならんでいた。

と、こんどは、小屋《こや》のほうから、ふたりの中年《ちゅうねん》の女性《じょせい》があらわれた。ふたりが両手で捧《ささ》げもつのは、土でできた人形だった。

女性《じょせい》がうやうやしくさしだす土の人形を、おばあさんは、これまた祭壇《さいだん》の上に安置《あんち》した。

まだ焼《や》いていない、粘土《ねんど》の人形だった。

おなかをつきだし、大きなおっぱいのついた女性のからだの上に、なにやら動物のかたちをした頭《あたま》がついている。

あれは……。

祭壇の近くにいたハカセは、はっとした。

あの土偶《どぐう》は、合宿《がっしゅく》センターの陳列室《ちんれつしつ》で見たものと、そっくりだ。

しかし、ハカセをおどろかせたのは、それだけではなかった。

いまひとりの女性が小屋《こや》からはこんできた人形を見て、声をあげたものだ。

これも、半獣半人《はんじゅうはんじん》の土偶だった。からだは人間と同じように直立《ちょくりつ》しているが、首《くび》から上は、あきらかに動物をかたどっている。

耳がとがり、鼻《はな》がつきだした顔《かお》は、犬のように見える。いや、そうではない。あれは、角《つの》のとれたシカだ。

おばあさんの手で、祭壇に安置されたのは、まぎれもなく、ハカセ自身《じしん》がつくり、合宿《がっしゅく》

の野焼《のや》きで焼《や》いた土偶《どぐう》とうりふたつだったのである。

「そんな、ばかな……」

ハカセの声に、陽子《ようこ》が不思議《ふしぎ》そうに顔《かお》をちかづけてきた。

「どうしたの。」

「だって、あれ、ぼくがつくった土偶と、そっくりだよ。」

「どれ……」

ハカセの指《ゆび》さす方向《ほうこう》を見て、陽子がかるくうなずく。

「オオグチのマガミをかたどった人形ね。」

「オオグチのマガミ……？　ああ、それじゃあ、あれはオオカミをかたどっているのか。でも、ぼくは、ちがうよ。ぼくは、シカをつくったつもりなんだ。ただ、野焼きのときに、両方の角《つの》がとれちゃったから。」

「あれは、きみのつくった粘土細工《ねんどざいく》じゃないわ。ウズミ一族《いちぞく》だけがつくることができる神《しん》聖《せい》な土偶なの。いまから儀式《ぎしき》がはじまるから、よく見ていなさい。」

陽子が、確信《かくしん》ありげにいった。

3

ウズミ一族《いちぞく》の長老《ちょうろう》は、祭壇《さいだん》のまえにすわりこんで、長いあいだ呪文《じゅもん》をとなえていた。さいしょは低い声で口のなかでムニャムニャやっているだけだったが、しだいに声が大きくなり、かん高《だか》い叫《さけ》び声《ごえ》にかわった。まるくなっていたせなかがしだいにのびて、前後《ぜんご》にゆれはじめる。

その動《うご》きが最高潮《さいこうちょう》にたっしたとき、おばあさんは、すっくと立ちあがった。そして、祭壇の上におかれた革《かわ》ぶくろの一つをたかだかと持ちあげ、一方の手でふくろの口をしばったひもをといて、犬のような頭《あたま》を持つ土偶《どぐう》の上にかざす。

なにやら黒っぽい液体《えきたい》がふくろからほとばしって土偶にふりかかった。なんともいえないなまぐさいにおいがあたりにただよいはじめた。

黒っぽい液体をあびた土偶は、たき火《び》のあかりのなかで、みるみる赤黒い色に染《そ》まっていく。

革《かわ》ぶくろのなかみをすべて土偶《どぐう》にふりかけると、おばあさんは、こんどはもうひとつの革ぶくろをとりあげて、同じようにとなりの土偶にふりかけた。

これまたねばりけのある黒っぽい液体がふりかかると、土偶がたちまち赤黒くなっていった。

「あれ、もしかして、動物の血《ち》……？　そうか、きょうの狩《か》りは、このためだったんだね。オオカミの血と、クマの血がひつようだったんだな。」

ハカセが、そばの陽子《ようこ》にささやく。

「あたしにも、よくわかんない。でも、あれで、それぞれの土偶に、神《かみ》さまの魂《たましい》がのりうつるのよ。」

老婆《ろうば》が、ふたたび祭壇《さいだん》のまえにすわりこむと呪文《じゅもん》をとなえはじめる。

ようやくのこと、老婆のお祈《いの》りが終わったらしい。さっき土偶をはこんできた女が、老婆のからだをだきかかえるようにして、よこての小屋《こや》へとはこんでいく。

それまで静まりかえっていた広場《ひろば》が、また、にぎやかになってきた。お祭《まつ》りのほうは、これでおひらきになるらしく、人びとのほとんどは、それぞれの小屋へともどりはじめていた。まだのみたりない男たちだけがつぼをかかえて、たき火《び》のそばにすわりこんでいた。

一般席《いっぱんせき》にいた圭子《けいこ》や由美子《ゆみこ》が、ハカセたちのほうにやってきた。

「さっき、おばあさんがふりかけたの、血《ち》だったのねえ。」

圭子が祭壇《さいだん》をのぞきこむ。ふたつの土偶《どぐう》は赤黒い血《ち》だまりのなかに立っていた。たき火に照《て》らされたからだが、てかてかと光っている。

「たぶん、こちらの土偶にはオオカミの血をふりかけたんだな。こっちの土偶には、クマの血をふりかけたんだ。」

ハカセが、二体の土偶を順番《じゅんばん》にあごでさした。

そのとき、ひとりの女性《じょせい》がみんなのそばによってきて、陽子《ようこ》になにごとか話しかけた。

「あたしたちは、あの小屋《こや》に泊《と》まれって。」

陽子が、正面《しょうめん》の大きな小屋を指《ゆび》さした。

「あれ、ハチベエちゃんは。」

モーちゃんが、あたりを見まわす。さっきからいやに静かだと思ったら、ハチベエがいないのだ。

「あの子、さっきまでお酒《さけ》のんでたんだけど……。トイレにでもいったんじゃないの。」

由美子《ゆみこ》が気のない返事《へんじ》をする。

女性《じょせい》に案内《あんない》されて小屋《こや》にはいると、炉《ろ》の左右にそれぞれ三枚《まい》ずつ、毛皮《けがわ》がしかれていた。右手の毛皮の上に、すでに先客《せんきゃく》がひとりいて、ぐうすかいびきをかいていた。さっきまで、村人とお酒の飲《の》みくらべをしていたハチベエだった。たぶん酔《よ》いつぶれたところを、村人にはこばれてきたのだろう。

陽子《ようこ》とふたたびなにごとか話したあと、女性が小屋を出ていくと、小屋のなかは、きゅうにひっそりと静まりかえった。

だれもがだまって、ちろちろ燃《も》える炉《ろ》の炎《ほのお》を見つめている。

やがてのこと、ようやく圭子《けいこ》が口をひらいた。

「ヨッコにきいてみるんだけど、あたしたちが、ここにやってきたのは、クマの神《かみ》さまの力を借りて、オオカミをやっつけるためだっていったわねえ。さっきのお祭《まつ》りが、そうなの。」

陽子が、大きな目をしばたたく。

「たぶん、そうだと思うわ。」

「じゃあ、あたしたちの役目は終わったわけよねえ。だったら、もとの世界にいつもどれるの。」

圭子《けいこ》の質問《しつもん》に、いろりのそばにすわっている目が、いっせいに陽子《ようこ》の顔《かお》にそそがれた。

「でもさあ。いくらこの世界でお祈《いの》りしたからって、あっちの世界に出現《しゅつげん》したオオカミをどうやって退治《たいじ》できるんだろう。」

ハカセにには、まだ、そこのところがよくわからない。

「ねえ、ねえ。もしかして、クマもあっちの世界にあらわれるんじゃないの。そいで、オオカミをやっつけてくれる。」

由美子《ゆみこ》が、みんなを見まわした。

「榎本《えのもと》さんも見ただろう。クラスの子どもたちが、もう、何人もオオカミにおそわれているんだよ。いくらクマがあらわれても、もう、おそいんじゃないかなあ。」

ハカセのことばで、由美子も自分の発言に自信《じしん》がなくなったらしい。助けをもとめるように陽子をみつめる。

なんといっても、この世界のことにいちばんつうじているのは陽子《ようこ》なのだ。みんなの視《し》線《せん》を感《かん》じたのか、陽子があわてて首《くび》をふった。

「悪いけど、あたしにも、なにがなんだかわかんないんだからね。どうして、この世界にやってきたのかもわからないし、どうやったらオオカミをやっつけることができるのかだって、あたしにもわからないわね。ただ、あのおばあさんは、あれで、オオグチのマガミをおさえこむことができるって……」

「でも、それは、この時代の信仰《しんこう》なんだろ。ぼくらの時代に、それが通用《つうよう》するのかなあ。」

ハカセには、そのことが不安《ふあん》だった。クマの神《かみ》さまがオオカミの神さまをやっつけることができるというのは、あくまでも縄文時代《じょうもんじだい》の迷信《めいしん》にすぎない。

「そんなこと、あたしにきかれてもわからないっていってるでしょ。」

陽子が、いらいらとふたたび首をふった。

「ただ、きゅうに頭《あたま》のなかで、なにかが命令《めいれい》するのよ。ううん、命令でもないなあ。自分《じぶん》自身《じしん》が、そうしようと思うの。理由《りゆう》なんかないの。ただ、しぜんにそうなっちゃうのよ。そのとおりにしたら、こんなところにやってきてしまったの。」

「それで、今は、なんてかんがえてるの。」

圭子《けいこ》が陽子《ようこ》の顔《かお》をのぞきこむようにした。

陽子は、すこしのあいだ、たき火《び》の炎《ほのお》をみつめていたが、やがて圭子のほうに顔をむけた。

「ええとねえ。おなかすいたなあって。だって、さっきは、あまり食べるものがなかったでしょ。奥田《おくだ》くんのリュックのなかにある、食べものをみんなで食べたらおいしいだろうなって……。」

とつぜんの陽子の提案《ていあん》に、圭子も、ぽかんと口をあけた。やがて、ハカセが明るい声でいった。

「それ、いいねえ。ほら、お湯もわいてることだし、モーちゃん、カップめんをみんなで食べようよ。スナックやチョコ菓子《がし》もあるんだろ。」

「うわあ、いいなあ。ねえ、奥田くん、みんなに分けてくれる。あたしもおなかぺこぺこなの。」

由美子《ゆみこ》が、モーちゃんの手をにぎる。

「う、うん。それは、いいけど……」

由美子《ゆみこ》に手をにぎられたモーちゃんが、もじもじとこたえた。

十分後、五人は、ふたつのカップめんを、順番《じゅんばん》にまわしながら、小さなフォークで、すこしずつなかのめんをすすった。

「あああ、泣《な》きたいくらいおいしいわ。」

陽子《ようこ》が、感激《かんげき》のことばをはく。

「ほんと……。あたしたちには、やっぱり、これでなくちゃあ。」

由美子が、かわいい口でめんをすすりこむ。

「ハチベエちゃんは、どうするの。」

モーちゃんが、かたわらでいびきをかいている酔《よ》っぱらいをふりかえった。

「ほっときなさいよ。へたに起こすと、あたしたちの分《ぶん》がへるじゃない。」

「そうよ、この子は、縄文人《じょうもんじん》の食べもので、じゅうぶんおなかいっぱいになってるわよ。」

やがて、カップめんは、スープひとしずくのこさずなくなり、そのあとくばられたスナックやチョコ菓子《がし》も、たちまちみんなのおなかにおさまってしまった。

「もう、これで食べものはなにもないからね。」

モーちゃんが、ザックのなかみをみんなにしめす。

「あしたは、合宿所《がっしゅくじょ》に帰れると思うわ。」

陽子《ようこ》が、ぽつりといった。

「ミナグロのオオミカミが、オオグチのマガミをおさえこんでくれるはずよ。」

「あしたはもとの世界に帰れるんだね。」

ハカセが念《ねん》をおすと、陽子は、きゅうに自信《じしん》なさそうに首《くび》をふった。

「ううん、いま、そんな気がしただけ。」

林のほうから、始終《しじゅう》フクロウの声がきこえてくる。ときおりヨタカの声もまじる。それに、かすかに長い長い動物のほえ声《ごえ》も……。オオカミの遠吠《とおぼ》えにちがいない。

小屋《こや》のなかは静かだ。さっきまできこえていたハチベエのいびきもおさまった。

ハカセは、小屋のてんじょうを見つめていた。

たき火《び》のあかりも、小屋の高い屋根裏《やねうら》まではとどかない。

何千年という時間の壁《かべ》をとびこえて、縄文時代《じょうもんじだい》にまぎれこんだということが、夢《ゆめ》のようだ。しかしこれはけっして夢《ゆめ》ではない。

気になることは、まだあった。

祭壇《さいだん》にかざられたあの土偶《どぐう》は……。あれは、たんなる偶然《ぐうぜん》なのだろうか。

祭壇にかざられていたオオカミらしい動物の頭《あたま》をもった土偶、あれは、どう見てもハカセのつくった土偶にちがいない。もっともハカセがつくったのは、シカの頭をもつ土偶だ。

ただ、野焼《のや》きのときに失敗《しっぱい》して、角《つの》が二本ともぬけおちてしまったのだが。

もしかすると、ハカセの製作《せいさく》した土偶も、この世界にタイムスリップしたのかもしれない。

これから、自分たちはどうなるのだろう。陽子《ようこ》のことばによれば、あしたはもとの世界にもどれるかもしれないそうだ。

でも、このままもとの世界にもどったとしても、子どもたちをおそったオオカミたちがきえてしまうわけでもないだろう。

この時点《じてん》で、ハカセはすでに、ゆうべ河原《かわら》に出現《しゅつげん》した獣《けもの》の群《む》れが、けっして野良犬《のらいぬ》たちではなく、ニホンオオカミの群れだと確信《かくしん》していた。

おそらくやつらも、ハカセたち同様《どうよう》、数千年の時間をとびこえて、二十一世紀の山のなかに出現《しゅつげん》したにちがいない。

いや、いや。やつらではなく、あの夜の河原《かわら》そのものが、すでに数千年前の世界だったのかも。合宿《がっしゅく》に参加《さんか》していた連中《れんちゅう》すべてが、すでに縄文時代《じょうもんじだい》にタイムスリップしていたのではないだろうか。

そうかんがえたほうが、なっとくがいくような気がする。

しかし……。

オオカミにおそわれた直後《ちょくご》、ハカセたちは陽子《ようこ》の案内《あんない》で牛首山《うしくびやま》にのぼり、ふたたびもとの場所にもどってきた。つまり、ここが野外学習《やがいがくしゅう》センターの敷地内《しきちない》なのだ。

もし、合宿《がっしゅく》に参加《さんか》した子どもたち全員がタイムスリップしたのなら、当然《とうぜん》、彼《かれ》らもこのあたりにいるはずだし、オオカミにおそわれた現場《げんば》がのこっているはずだ。

ということは、やはりハカセたち小人数《こにんずう》だけがタイムスリップしたことになる。

さすがのハカセも、しだいに頭《あたま》がしびれてきた。

ふと、かたわらで声が起こった。

「おじさん、おれ、もう、のめねえよ。」

ハチベエの寝言《ねごと》だということは、すぐにわかった。どうやら、夢《ゆめ》のなかでもまだ宴会《えんかい》のつづきを楽しんでいるのだろう。

「ハチベエくんは、気楽《きらく》でいいなあ。」

ハカセは、声にだしてつぶやいてみた。この少年のように生きられたら、おそらくどんな事態《じたい》になろうとも、あしたが信《しん》じられるにちがいない。

4

「あいてててて……。」

ハチベエのうめき声《ごえ》がひびきわたった。

すでに日がのぼっているらしく、小屋《こや》のなかは明るくなっていた。

毛皮《けがわ》の上に半身《はんしん》おこしたハチベエが、頭《あたま》をおさえていた。

「だいじょうぶ。」

モーちゃんが心配《しんぱい》そうにのぞきこんだ。

「だいじょうぶじゃねえや。ああ、頭《あたま》がいたい……。」

うめきながら、ふらふらと小屋《こや》を出ていった。

「二日酔《ふつかよ》いよ。きっと……。ゆうべのみすぎたのよ。」

圭子《けいこ》がにやにやわらいながら、ハチベエのうしろすがたを見おくっていたが、すぐに陽子《ようこ》の耳もとでささやいた。

「ねえ、あたしもトイレにいきたいんだけど。トイレがどこにあるか、きいてくれない。」

「ああ、ぼくも……。」

モーちゃんも立ちあがった。

「いやらしいわね。ついてこないでよ。あんたたちは、そのへんの草むらでしたら。」

ともあれ、顔《かお》もあらいたいのでみんなでおもてに出る。

広場《ひろば》では、もう村人たちがいそがしくはたらいていた。ゆうべ燃《も》やしていたたき火《び》のまわりに、あらたにたきぎをはこびこんでいる。

ゆうべの祭壇《さいだん》は、まだそのままになっていて、動物の血《ち》をかけられた土偶《どぐう》もそのままだ。

血糊《ちのり》がかわいて、その上に無数《むすう》のハエがとまっていた。

陽子《ようこ》が川のほうを指《ゆび》さした。

「ここのひとたちは、川で用をたすらしいわ。水のなかにしゃがんでするの。」

「川で……？」

由美子《ゆみこ》が目をまるくした。

「天然《てんねん》の水洗《すいせん》トイレだね。」

ハカセがまじめな顔《かお》でうなずく。

「しょうがないわ。ここは縄文時代《じょうもんじだい》なんだもの。由美子、いっしょにいこう。」

ふたりが手をつないで川のほうに歩きだした。ハカセとモーちゃんは、さすがにあとを追《お》いかねて、反対方向《はんたいほうこう》の林へと歩きだした。

用をたして広場《ひろば》にもどると、陽子が村の男と、なにやら熱心《ねっしん》に話しこんでいたが、ハカセの顔《かお》を見ると手招《てまね》きした。

「これから、神《かみ》さまをお祭《まつ》りするんだって。」

「ゆうべの祭りだけじゃないの。」

「そうみたい。」

やがてのこと、たきぎをはこんでいた村人が、たき火《び》のまわりにすわりこんだ。

すると、よこての小屋《こや》から、女のひとにささえられた老婆《ろうば》が出てきた。老婆は、ゆうべと同じように祭壇《さいだん》のまえにすわりこむと、お祈《いの》りをはじめた。

「おい、おい、まさか、ひるまも酒《さけ》をのむんじゃないだろうな。」

いつのまにもどってきたらしいハチベエが、ハカセにささやく。

やがてお祈りがすむと、老婆は祭壇の上の赤い土偶《どぐう》を持ちあげて、しずしずとたき火のほうに歩きだした。そして積《つ》まれたたきぎのまんなかに、土偶をおいた。

男のひとりが、火のついた枝をたきぎのあいだにさしこむと、赤い炎《ほのお》が燃《も》えあがった。

「わかった。野焼《のや》きだよ。粘土細工《ねんどざいく》の土偶を焼《や》くんだ。」

ハカセが、なんどもうなずく。

二つの土偶は、たちまち炎のなかに見えなくなった。老婆が、またしてもたき火にむかっていっしんにお祈りをはじめた。まわりの村人たちも、だまって炎をみつめていた。

およそ一時間、山のように積みかさねてあったたきぎも燃えつきて、青い煙《けむり》がたちのぼりはじめると、村人たちが焼《や》けぼっくいをとりのぞきはじめた。

なかから、灰《はい》をかぶった二体《たい》の土偶《どぐう》があらわれた。

男のひとりが、まだ熱《あつ》い土偶を、毛皮《けがわ》でくるんで、もとの祭壇《さいだん》にもどした。

土偶は、全体がまっ黒だった。たぶん血《ち》をあびたからだろう。

ふたたび老婆《ろうば》が祭壇にむかい、ながながとした呪文《じゅもん》をとなえていたが、そのうち、すいと右手をさしあげた。老婆の手に一本の石斧《せきふ》がにぎられていた。老婆が、力いっぱい石斧を祭壇にふりおろした。

オオカミの顔《かお》をもつ土偶が、むざんにくだけ散《ち》った。

老婆は、くだけたかけらをたんねんに石斧でたたきつぶしていき、ついにはこなごなにしてしまった。

それがすむと、こんどはもうひとつの土偶のそばにちかより、こんどは慎重《しんちょう》な手つきで、土偶の左足に石斧をふりおろす。土偶の左足だけが、ぽろりと落ちた。

「ねえ、ねえ。センターにあった土偶も、左足がつぎたしてあったわね。」

圭子《けいこ》がささやいた。

老婆《ろうば》は、片足の土偶《どぐう》をつぼにおさめて広場《ひろば》のすみまではこんだ。と、そこには、いつのまにか深い穴《あな》が掘《ほ》られていた。老婆が、土偶のはいったつぼを穴の底におくと、まわりにあつまってきた村人が、ていねいに土をかぶせはじめた。

じきに穴はうまり、低い土の小山ができた。

老婆は土の山にむかって、なんども頭《あたま》をすりつけていたが、そのうち、ようやくうしろをふりかえり、陽子《ようこ》になにごとか話しかけた。

陽子は、熱心《ねっしん》におばあさんの話をきき、ときどきなにやらこたえていたが、やがて明るい表情《ひょうじょう》でみんなをふりかえった。

「なにもかも終わったわよ。オオグチのマガミは、もう、けっして災《わざわ》いを起こさないわ。」

「ねえ、ねえ。もう、あたしたちは、もとの世界にもどれるの。」

圭子《けいこ》が、意気《いき》ごんで問《と》いかける。陽子が、大きくうなずいた。

「そうよ。あたしたちの役目は終わったの。もとの世界に帰れるの。」

「よくわかるように、説明《せつめい》してくれよ。ばあさんがお祈《いの》りしてくれたのは、わかったけどよ。あんなことで、いいのか。」

ハチベエが、土偶《どぐう》を埋《う》めたあたりをふりかえりながら、首《くび》をかしげる。

「おばあさんが、これで、この地は未来永劫《みらいえいごう》、ミナグロのオオミカミにまもられるはずだって。だから、オオグチのマガミの災《わざわ》いは起こらないって保証《ほしょう》してくれたんだもの。だいじょうぶよ。もう、これで心配《しんぱい》ないわ。だって、あたしには、わかるんだもの。」

「おまえが、そういうんなら、まあ、それでもいいけどよ。もとの世界に帰るっていっても、いったい、どうやって帰るんだよ。」

「きたときと同じだわ。まず牛首山《うしくびやま》にのぼればいいの。」

陽子《ようこ》は、しごくあたりまえのような顔《かお》でこたえてから、老婆《ろうば》をふりかえる。

ほかの村人たちも、まわりにあつまってきた。そして、いかにも別《わか》れを惜《お》しむように、なんども柏手《かしわで》を打ち、頭《あたま》をさげる。

「さようなら。お世話《せわ》になりました。」

陽子が、今のことばでお別《わか》れのあいさつをしたので、ハカセもハチベエも、それにつづいた。

河原《かわら》のところまで見送りにきた村人にわかれて、一行《いっこう》は川をわたる。そして山のなかへとはいっていった。

牛首山《うしくびやま》の頂上《ちょうじょう》についたとき、日はとっぷりと暮《く》れて、明るい月がのぼっていた。

「あああ、腹《はら》へったなあ。」

ハチベエが、うめき声《ごえ》をあげる。

「おれ、ゆうべ夢《ゆめ》見たんだ。みんなでモーちゃんのザックのなかのカップめんを食べるんだ。そうだ……。」

ふいに、ハチベエがモーちゃんをふりかえる。

「あのカップめん、どうした。まだあるんだろ。ちょっと休んで、みんなで腹《はら》ごしらえしないか。」

「あのね、奥田《おくだ》くんの持っていた食料《しょくりょう》は、みんな村のひとにおみやげにしたの。」

圭子《けいこ》が、すばやくよこからこたえる。

「なんだよ。お菓子《かし》もやっちまったのかよ。」

ハチベエが、げっそりしたような顔《かお》をした。

「ふもとにおりれば、食事《しょくじ》にありつけるわよ。さあ、元気をだしておりましょう。」

陽子《ようこ》が、さきにたって山をおりはじめた。

明るい月がのぼってはいたものの、うっそうとした樹林帯《じゅりんたい》にはいると、たちまちまっ暗《くら》になってしまった。おまけに、だれもがおなかをすかせ、くたくたにくたびれていたから、足どりはおもかった。

「ねえ、この道でいいのかい。」

ハカセが、しげみのなかを見まわす。

「あたしにも、よくわからないわ。」

陽子も、あたりをきょろきょろ見まわしている。

「しっかりしてくれよ。おとといは、まっ暗でもまよわずに歩いてたじゃないか。」

ハチベエが文句《もんく》をいった。

「だって、あのときは、なにかがぐんぐんみちびいてくれたのよ。でも、今は、だめ。なにも感《かん》じないの。」

陽子が、とほうにくれたような声をあげた。

「しまったなあ。やっぱり懐中電灯《かいちゅうでんとう》は持ってくるべきだったね。」

ハカセが、かるくため息《いき》をつく。懐中電灯《かいちゅうでんとう》は、ウズミの一族《いちぞく》にプレゼントしてきたのだ。

「とにかくくだっていきましょうよ。そうすれば、どこかに出るはずでしょ。」

こんどは圭子《けいこ》がさきに立って歩きだす。

やがて、斜面《しゃめん》がゆるやかになってきた。ようやく山のふもとについたらしい。しかし、それがかえってやっかいだった。傾斜《けいしゃ》がないので、どちらに歩いていいのかわからない。

おまけに、びっしりとしげったしげみがゆくてをはばんでいる。

いったい、どれくらい歩いただろうか。

川をわたり、しばらく歩いたときだ。

「あっ、道があったわ。」

陽子《ようこ》がさけんだ。そして、ぱっと駆《か》けだした。

「まてよ、陽子。あぶないぞ。」

ハチベエもつられて走る。

あれ、こんなこと、まえにもあったな。

そう思ったとたん、目のまえが明るくなった。

ライトのともった小屋《こや》のまえに、数人《すうにん》の人影《ひとかげ》が立っていた。

「おう、やっと帰ってきたか。全員そろっているな。」

なつかしい宅和《たくわ》先生のはげ頭《あたま》が、そこにあった。

5

なんとも奇妙《きみょう》なことだった。ハチベエたちは、センター敷地内《しきちない》の林のなかから出てきたのだ。しかも、それはハチベエたちが、とっくに体験《たいけん》した合宿《がっしゅく》一日目の夜なのである。むろん、新村大吾《にいむらだいご》もぴんぴんしている。いまだオオカミの襲撃以前《しゅうげきいぜん》なのだ。

「おそらく、ぼくらは一日前の現代《げんだい》にもどったんだよ。」

ハカセが、かんがえぶかげにいった。

「て、いうことは、あしたは、もういちど牛首山登山《うしくびやまとざん》をするってことか。」

「そうね。それからセンターで竪穴式住居《たてあなしきじゅうきょ》の模型《もけい》をつくって、夜になると、河原《かわら》で土偶祭《どぐうまつ》りをするんだ。」

「て、いうことは、またオオカミにおそわれるってことかよ。」

ハチベエのことばに、ハカセは無言《むごん》で首《くび》をふった。彼《かれ》にも、それ以上《いじょう》のことはわからないのだ。

あんのじょう、よく朝《あさ》は雨雲《あまぐも》がたれこめていた。このあいだと同じように、午前《ごぜん》ちゅう牛首山《うしくびやま》にのぼり、帰ってからセンターでカレーライスを食べる。

「ねえ、これって、どういうことなの。もしかして、今夜《こんや》、またオオカミにおそわれるってこと。だったら、先生にたのんで、土偶祭《どぐうまつ》りをやめてもらいましょうよ。あたしたちには、それがわかってるのよ。あれをとめられるのは、あたしたちしかいないのよ。」

圭子《けいこ》が、真剣《しんけん》なまなざしで主張《しゅちょう》している。

昼休《ひるやす》みのとき、みんなはセンターのすみにあつまって、今後《こんご》のことを話しあっていたのだ。

しかし、陽子《ようこ》は、意外《いがい》と冷静《れいせい》な顔《かお》をしていた。

「だいじょうぶよ。もう、オオグチのマガミはお出ましにはならないわ。お祭《まつ》りをしたじゃないの。」

「だけどさあ。あの土偶《どぐう》と同じものが、ここから掘《ほ》りだされたんだろ。ていうことは、大《おお》昔《むかし》にも、きのうと同じように神《かみ》さまをまつったんじゃないの。それなのに、オオカミがあらわれたじゃないか。あの神《かみ》さまの御利益《ごりやく》も、あんまりあてにならないんじゃないの。」

ハチベエにしては、なかなかまともな反論《はんろん》をする。

「ううん、ここで見つかった土偶と、あたしたちが見た土偶はべつのものなの。そこにかざってある土偶は足がつぎたしてあるでしょ。あんなことすれば、神さまの力はなくなっちゃうの。ゆうべ埋《う》めた土偶は、ちゃんと足が切り落としてあるから、だいじょうぶよ。今でも、大地のなかにがんばって、ちゃんとこの土地をまもってくださっているの。」

「ほんとかよ。」

「夜になれば、すべてがわかるわ。」

陽子《ようこ》の大きな目でみつめられると、ハチベエもそれ以上異議《いじょういぎ》をとなえる気がなくなった。

やがて、午後《ごご》の作業《さぎょう》も終わった。河原《かわら》にはたきぎが積《つ》まれ、祭壇《さいだん》には各小屋《かくこや》にかざられていた土偶がならべられた。ふと、ハカセは自作《じさく》の土偶がないのに気づいた。

「金田《かねだ》くん、ぼくのつくった土偶は……」

小屋《こや》のリーダーは、ちょっと首《くび》をかしげたが、やがてわらいながらいった。

「ハカセの粘土細工《ねんどざいく》は、野焼《のや》きのときにこわれたっていってたじゃないか。たき火《び》のなかで、ばらばらにこわれちゃって、あとかたもなかったって、こぼしてたじゃないか。」

「こわれた……？」

「うん、野焼《のや》きのあとを、いくらさがしても見つからないって。」

「そ、そうだっけ。」

「しっかりしてくれよ。縄文《じょうもん》ボケしたんじゃないの。」

「そうか、あの土偶《どぐう》は、あとかたもなくこわれたのか。」

さいごのほうはつぶやくようにいいながら、ハカセは、ふらふらと河原《かわら》におりていった。

もとより、ハカセにそんな記憶《きおく》はない。

ハカセの焼いた角《つの》のとれた土偶は、ちゃんと小屋《こや》にかざったし、河原のお祭《まつ》りのときも、ほかの土偶といっしょに祭壇《さいだん》においてあったはずだ。

やがて夜の闇《やみ》が河原をつつみ、盛大《せいだい》なたき火《び》がはじまる。子どもたちは、ごちそうを食べ、歌や踊《おど》りに興《きょう》じている。

霧《きり》が出てきたらしい。たき火《び》のあかりのまわりを白いもやがゆっくりとうずまきながら流れている。

モーちゃんは、気が気ではなかった。いまのいまにも、川の向こうからオオカミのほえ声《ごえ》がきこえてくるのではないかと、しょっちゅう濃《こ》い霧《きり》をすかしてみた。

ついにお祭《まつ》りも終わり、新庄則夫《しんじょうのりお》が祭壇《さいだん》のまえで、縄文《じょうもん》の神《かみ》さまにお礼《れい》のことばを述《の》べる。

「はい、それでは、リーダーは、神さまをもとの場所《ばしょ》にもどしてください。ほかのひとは、あとかたづけをして。」

川原《かわはら》さんの元気な声が河原《かわら》にひびいた。

なにごとも起こらない。オオカミのほえ声も、川をわたってくるおびただしい獣《けもの》の足音もきこえない。

いつのまにか、タイムトラベラーのめんめんが、よりあつまっていた。

「なにも起こらないなあ。」

ハチベエが、声をひくめる。

「よかった……。」

「ねっ、あたしがいったとおりでしょ。この地は、ふたたびミナグロのオオミカミの治《おさ》める土地にもどったの。だからオオグチのマガミは、けっしてあらわれないわ。」

陽子《ようこ》も小声《こごえ》でささやいた。

「と、いうことは、やっぱりあのお祭《まつ》りのおかげなのね。ウズミのおばあさんのおまじないがきいたのね。」

由美子《ゆみこ》が、満面笑《まんめんえ》みをうかべる。

「よう、よう。あのばあさんに、おまじないをたのみにいったのは、おれたちだぜ。て、いうことは、おれたちが、みんなをすくったことになるんじゃないのか。」

ハチベエがいったとき、背後《はいご》で声がした。

「おい、おまえらも、手伝《てつだ》えよ。」

食器《しょっき》をかかえた新村大吾《にいむらだいご》が立っていた。

そういえば、こいつが、いちばんさいしょにオオカミの餌食《えじき》になっていたはずだ。それが、いまだにぴんぴんしているのだ。

それを思えば、大吾のふくれっ面《つら》も、みょうにいとおしい。

「おまえ、無事《ぶじ》でよかったなあ。」

ハチベエは、大吾《だいご》の肩《かた》に両手をおくと、しみじみと大吾の顔《かお》をみつめた。

「な、なんだよ。きゅうに気持ち悪いなあ。」

めんくらった大吾は、ハチベエの手をなんとかふりほどこうと身をよじった。


二泊《はく》三日の夏季《かき》合宿《がっしゅく》も、無事《ぶじ》に終わり、花山《はなやま》第二小学校の六年生たちは、今まさに、「県民《けんみん》の森　野外学習《がくしゅう》センター」をあとにしようとしていた。

センターの前庭《まえにわ》にはセンター長《ちょう》をはじめ、インストラクターのめんめんが見送りに出ていた。

バスが走りだすと、たがいに手をふって別《わか》れを惜《お》しむ。

まえの道をくだれば、もうセンターの建物《たてもの》も見えない。

ハカセはまどに頭《あたま》をもたせかけて、もの思いにしずんでいた。

こうして、文明《ぶんめい》の利器《りき》に身をゆだねていると、あの縄文《じょうもん》の集落《しゅうらく》ですごした時間が、まるで夢《ゆめ》のようだ。

そう、たしかにあれは夢《ゆめ》かもしれない。センターからの帰り、林のなかで道にまよったハカセたちが、集団《しゅうだん》で見た夢なのかも。

しかし、モーちゃんにきいたところでは、彼《かれ》のザックのなかのカップめんやお菓子《かし》、それに懐中電灯《かいちゅうでんとう》も、なくなっているそうだ。と、いうことは、やはりあれは現実《げんじつ》なのだ。

そして、もうひとつ。これは、まだだれにもうちあけてないことがある。

ハカセがつくった、土偶《どぐう》のことだ。

ハカセのつくったシカをかたどった土偶は、不運《ふうん》なことに、野焼《のや》きの炎《ほのお》でばらばらにこわれてしまったことになっているが、はたして、あれはほんとうだろうか。

ハカセ自身《じしん》、そんな記憶《きおく》はまったくない。ただ、シカの角《つの》がとれてしまい、角のないシカの人形ができた。ハカセはそれをシカだと思っていたけれど、あれこそがオオグチのマガミそのものではなかったのか。

あの土偶をお祭《まつ》りしたために、オオカミの群《む》れをよみがえらせたのではないだろうか。

むろん、この土地には、かつてウズミの一族《いちぞく》の埋《う》めたクマの神、ミナグロのオオミカミの土偶が埋《う》められていた。あれが、もし、そのまま埋められていれば、オオカミはよみがえらなかったかもしれない。

しかし、あの土偶《どぐう》は数年前に発掘《はっくつ》されて、おまけに欠《か》けていた足まで修理《しゅうり》されてしまった。大地からはなされたためか、あるいは修理されたためなのかわからないが、土偶のパワーがそこなわれたために、オオカミの復活《ふっかつ》を許《ゆる》してしまったのだろう。パワーの落ちたミナグロのオオミカミは、自分の力だけではオオグチのマガミに対抗《たいこう》できない。そこで、最後の力をふりしぼって、陽子《ようこ》にのりうつり、みんなをはるか縄文《じょうもん》の時代へとタイムスリップさせた……。

彼女《かのじょ》を縄文の世界にみちびいたのは、おそらくミナグロのオオミカミ自身《じしん》だったのではないだろうか。

ハカセは、けさ、バスにのるまえに、林のなかをたんねんに歩きまわり、ウズミ一族《いちぞく》の老婆《ろうば》が土偶を埋《う》めた場所《ばしょ》をさがしてみたが、わからなかった。ただ、あの血《ち》ぬられた土偶は、今でも、あの林のどこかに埋もれていることはたしかだ。神《かみ》さまは、あらたな力を得《え》て、これからもこの土地をまもりつづけていくにちがいない。

と、これがハカセがゆうべからかんがえつづけた、今回のことについての、総合的《そうごうてき》な説《せつ》明《めい》なのだが……。

ハカセはバスのなかに目をやった。まえのほうでは、ハチベエがあいかわらずはしゃぎまわっている。モーちゃんは、となりの女の子から、お菓子《かし》をもらってご満悦《まんえつ》なようすだ。圭子《けいこ》と由美子《ゆみこ》はなかほどの席で、なにやらひそひそ話しこんでいる。

みんなは、もう、自分たちが縄文時代《じょうもんじだい》にタイムスリップしたこともわすれたような顔《かお》をしている。

だけど、あれは、けっして夢《ゆめ》なんかじゃない。ハカセたちは、古代《こだい》の神《かみ》さまといっしょに、花山《はなやま》第二小学校の六年生たちをオオカミの群《む》れからすくったのだ。

これって、すごいことじゃないか。ハカセは、あらためてみずからの大活躍《だいかつやく》に感動《かんどう》した。

陽子《ようこ》は……。ハカセは、バスのなかを見まわした。なんといっても、今回の活躍の第一人者は、陽子なのだ。

荒井陽子《あらいようこ》だけがいちばんうしろの席にすわり、ぼんやりと、バスの外を見つめていた。

彼女《かのじょ》の視線《しせん》の向こうに白い入道雲《にゅうどうぐも》がむっくりと立ちあがり、その下に、牛首山《うしくびやま》の緑がよこたわっていた。

陽子《ようこ》にだけは、自説《じせつ》をきいてもらいたいものだ。しかし、彼女《かのじょ》には、おそらくわからないかもしれない。陽子は、ただ神《かみ》さまにあやつられていただけなのではないだろうか。

では、なぜ、神さまは、陽子のからだを借りる気になったのだろうか。

ひょっとすると、神さまも、同じのりうつるのなら、美人のからだにのりうつりたかったのかもしれない。

かんがえてみれば、縄文《じょうもん》の神さまにまもられているのは、牛首山《うしくびやま》のまわりだけではないだろう。日本全国の山や海辺で、古代《こだい》の人びとが、土地の災《わざわ》いを遠《とお》ざける神さまのお祭《まつ》りをしたにちがいない。ハカセの住むミドリ市花山町《しはなやままち》でも、縄文人《じょうもんじん》たちが土地をまもる神さまの土偶《どぐう》を埋《う》めたかもしれないのだ。ただ、それが今でものこっていればいいのだが。

おそらく数千年以前《いぜん》から、ほとんどかたちをかえたことがないだろう山なみをながめていると、ハカセは、なんとも不思議《ふしぎ》な気持ちになってきた。

縄文時代《じょうもんじだい》なんて、あんがい、すぐそばにあるのかもしれない。

ほんのひと山こえるだけで、いくことができるのだから。

あとがき

那須《なす》正幹《まさもと》

今回は、ひさしぶりに花山《はなやま》第二小学校のクラスメイトたちをおおぜい登場《とうじょう》させることができました。

とはいっても、活躍《かつやく》するのは、例《れい》によってハチベエ、ハカセ、モーちゃん、それに常連《じょうれん》の女性《じょせい》たちです。しかも、舞台《ぶたい》ははるか古代《こだい》の日本ということで、ちょっとめんくらわれたかもしれません。

でも、こんな体験学習《たいけんがくしゅう》なら、やってみたいと思われたのではないでしょうか。

子どもたちの古代人体験《こだいじんたいけん》については、関西《かんさい》で、子どもたちの古代人体験学習《こだいじんたいけんがくしゅう》の指導《しどう》をなさっている考古学者《こうこがくしゃ》、辻尾榮市《つじおえいいち》先生に、学習の記録などを見せていただき、子どもたちの感想《かんそう》なども読ませてもらって、今回の参考《さんこう》にさせていただきました。心からお礼をもうしあげます。

こうした試《こころ》みは、全国で始まっているので、読者《どくしゃ》のなかには、すでに体験《たいけん》ずみのひともいるかもしれません。本を読んで当時の人びとの暮《く》らしを想像《そうぞう》するよりも、自分で体験してみるほうが、よほどおもしろいことがわかると思います。「歴史《れきし》」が、ぐっと身近《みぢか》になったことでしょう。

ところで、作品のなかで宅和《たくわ》先生が、

「縄文時代《じょうもんじだい》には、いちども戦争がなかった」

という説を披露《ひろう》していますが、昨年四国《さくねんしこく》の遺跡《いせき》から、弓矢《ゆみや》で殺《ころ》されたらしい縄文人《じょうもんじん》の遺骨《いこつ》が数体《すうたい》発見されて、この学説《がくせつ》が疑問視《ぎもんし》されはじめていることもおことわりしておきます。はたして縄文時代にも、弥生人《やよいじん》のような戦争があったかどうかは、まだわかりませんが、古代史というのは、遺跡の発掘《はっくつ》のたびに新しい学説《がくせつ》が生まれていきます。その意味《いみ》ではスリルあふれる学問ということがいえます。

さて、次回は、サスペンスに挑戦《ちょうせん》するつもりです。『ズッコケ暗闇坂《くらやみざか》の恐怖《きょうふ》』で、またお会いしましょう。

二〇〇三年七月

ズッコケファンのきみへ ――

ズッコケ三人組全50巻から　それぞれ１問ずつ全50問のズッコケ常識テストをつくりました。

ズッコケ熱烈ファンのきみならすぐに答えがわかってしまうかな？

ズッコケ三人組常識テストⅠ

1.「それいけズッコケ三人組」で、トイレにとじこめられたハカセは、どうやってその危機を知らせたのでしょうか？

2.「ぼくらはズッコケ探偵団」で三人組がみごとつかまえた犯人の名前は？

3.「ズッコケ㊙大作戦」でマコが話した、こわい組織とはなんでしょう？

4.「あやうしズッコケ探険隊」で三人組をふるえあがらせた猛獣とは？
①ライオン　②トラ　③ヒョウ　④人間　⑤ピューマ

5.「ズッコケ心霊学入門」で三人組が体験する現象の正式な名前は？
①チンダル現象　②ポルターガイスト現象　③エルニーニョ現象

6.「ズッコケ時間漂流記」で三人組を、同心と岡っ引きから助けてくれたひとは？
①銭形平次　②大岡越前守　③一心太助　④水戸黄門　⑤平賀源内

7.「とびだせズッコケ事件記者」でモーちゃんがケーキを食べた風月堂とメルシー、あなたはどちらがおいしいと思いますか？(**イ**)　その理由は？(**ロ**)

8.「こちらズッコケ探偵事務所」で偽造宝石グループが宝石をかくしていたのは、なんのぬいぐるみでしょうか？

9.「ズッコケ財宝調査隊」にでてくる貴重な歴史遺品とはなんでしょう？

10.「ズッコケ山賊修業中」で三人組が暮らした土ぐも一族の住む谷の名前は？

11.「花のズッコケ児童会長」で荒井陽子の選挙活動のキャッチフレーズは？

12.「ズッコケ宇宙大旅行」で宇宙人をおそった正体不明の生物とはなんでしょう？

13.「うわさのズッコケ株式会社」で三人組のつくったおべんとう会社の名前は？

14.「ズッコケ恐怖体験」でおたかの子どもの名前はなんというのでしょう？

15.「ズッコケ結婚相談所」でハチベエのおばさんが住んでいるところはどこかな？

16.「謎のズッコケ海賊島」で宝がかくされていた島はどこのなんという島でしょう？

17.「ズッコケ文化祭事件」で三人組の役はなんだったでしょう？
ハカセ(**イ**)　　モーちゃん(**ロ**)　　ハチベエ(**ハ**)

18.「驚異のズッコケ大時震」で新選組におそわれた三人組を助けにきたひとは？

19.「ズッコケ三人組の推理教室」で荒井陽子のネコの名前は(**イ**)、長岡保のネコの名前は(**ロ**)です。

20.「大当たりズッコケ占い百科」でハチベエのお母さんは手相で、ハチベエの将来を何とうらなったでしょうか？(**イ**)　そしてあなたは何とうらないますか？(**ロ**)

ズッコケ三人組常識テストⅡ

21.「ズッコケ山岳救助隊」で、夜の見張りに立って寝てしまったひとは？
22.「ズッコケＴＶ本番中」で三人組がつくろうとしたビデオの題名は？
23.「ズッコケ妖怪大図鑑」で妙蓮寺にあった石碑の名前は？
24.「夢のズッコケ修学旅行」で三人組のわたった湖はなに県にありますか？
25.「ズッコケ三人組の未来報告」でジョン・スパイダーの歌詞を日本語に訳したひとは？
26.「ズッコケ三人組対怪盗Ｘ」で犯人を追跡中、電車にのりおくれたのはだれ？
27.「ズッコケ三人組の大運動会」でモーちゃんは、徒競走で何等になったでしょう？
28.「参上！ズッコケ忍者軍団」で三人組の忍者がつかった武器は？
29.「ズッコケ三人組のミステリーツアー」でハチベエが目撃した犯人の身長は？
30.「ズッコケ三人組と学校の怪談」で花山第二小学校は創立何周年ですか？
31.「ズッコケ発明狂時代」でモーちゃんが発明したものは？
32.「ズッコケ愛の動物記」でみんなが飼ったウサギの名前は？
33.「ズッコケ三人組の神様体験」で三人組がおみこしをつくったお寺は？
34.「ズッコケ三人組と死神人形」で死神人形が持っているものは？
35.「ズッコケ三人組ハワイに行く」でハカセがもってきたおみやげは？
36.「ズッコケ三人組のダイエット講座」でハカセが計算したものは？
37.「ズッコケ脅威の大震災」で稲穂県南部を襲った地震の前ぶれを書いてください。
38.「ズッコケ怪盗Ｘの再挑戦」でハチベエが柳が池でした釣りはなんでしょう？
39.「ズッコケ海底大陸の秘密」でハチベエがぜんはりきった女の子の名前は？
40.「ズッコケ三人組のバック・トゥ・ザ・フューチャー」でハカセが転校した学校は？
41.「緊急入院！ズッコケ病院大事件」で三人組がはじめにうたがわれた病名(**イ**)と、本当にかかった病名(**ロ**)は？
42.「ズッコケ家出大旅行」で三人組がはじめて泊まったところはどこですか？
43.「ズッコケ芸能界情報」でハチベエのお母さんが若いころあこがれたスターの名は？
44.「ズッコケ怪盗Ｘ最後の戦い」で市営アパートにひっこしてきた女の子は何年生？
45.「ズッコケ情報公開㊙ファイル」で三人組が結成した見張り役の名前は？
46.「ズッコケ三人組の地底王国」で、三人組の身長は約何センチになりましたか？
47.「ズッコケ魔の異郷伝説」で縄文人の一族の名前は？
48.「ズッコケ怪奇館　幽霊の正体」でハカセが興味をもった学問は？
49.「ズッコケ愛のプレゼント計画」でハチベエが去年もらったチョコレートの数は？
50.　ズッコケ三人組が６年間かよった小学校と、６年の担任の先生の名前は？

ズッコケファンのみなさん、全部こたえられましたか？

「こんなのかんたん！」というきみは、『ズッコケ博士』だ。おめでとう‼

新・こども文学館 57

ズッコケ魔《ま》の異《い》郷《きょう》伝《でん》説《せつ》

発　行　2003年7月　第1刷　2015年4月　第3刷

作　家　那須正幹（なすまさもと）
原　画　前川かずお（まえかわかずお）
キャラクター監修　前川澄枝（まえかわすみえ）
作　画　高橋信也（たかはししんや）
発行者　奥村　傳

発行所　株式会社 ポプラ社
〒160-8565　東京都新宿区大京町22-1
電　話（営業）03-3357-2212（編集）03-3357-2216
（お客様相談室）0120-666-553
ＦＡＸ（ご注文）03-3359-2359
インターネットホームページ　http://www.poplar.co.jp
振替　00140-3-149271

印　刷　瞬報社写真印刷株式会社
製　本　島田製本株式会社

N.D.C.913／214p／22cm　ISBN978-4-591-07780-1

Printed in Japan

ズッコケ三人組シリーズ

那須正幹・作

- それいけズッコケ三人組　花山二小六年一組、ズッコケ三人組初登場!!
- ぼくらはズッコケ探偵団　とある殺人事件にまきこまれた三人組は……
- ズッコケ㊙大作戦　三人組は、スキー場で一人の美少女にあった
- あやうしズッコケ探険隊　漂流の末、無人島にたどりついた三人組は？
- ズッコケ心霊学入門　心霊写真にまつわる奇怪な事件が続々と……
- ズッコケ時間漂流記　えっ、三人組が江戸時代にタイムトラベル？
- とびだせズッコケ事件記者　三人組が学校新聞の事件記者になったって!?
- こちらズッコケ探偵事務所　ブタのぬいぐるみにかくされた秘密とは？
- ズッコケ財宝調査隊　ダムのそばに財宝が!?調査にのりだせ！
- ズッコケ山賊修業中　山中で会ったあやしげな男達、危機せまる！
- 花のズッコケ児童会長　三人組が児童会長選挙の応援に立ちあがる…
- ズッコケ宇宙大旅行　げげっ!!　宇宙人と接近遭遇しちゃった……
- うわさのズッコケ株式会社　なんと、三人組が弁当会社をつくったって？
- ズッコケ恐怖体験　あなたはだあれ、私はゆうれい、ひぇ～っ！
- ズッコケ結婚相談所　モーちゃんのお母さんが、結婚するって!?
- 謎のズッコケ海賊島　こ…これが、海賊の秘宝のありかの地図!?
- ズッコケ文化祭事件　三人組が文化祭で劇に挑戦、その台本は……
- 驚異のズッコケ大時震　め…目の前で、本物の関ヶ原の合戦が……
- ズッコケ三人組の推理教室　連続ネコ誘拐事件、犯人はだれだ？
- 大当たりズッコケ占い百科　占いで犯人さがしをしたが……
- ズッコケ山岳救助隊　三人組、嵐の山で遭難!?どうしよう……
- ズッコケＴＶ本番中　ビデオ放送制作！　さて、どんな……
- ズッコケ妖怪大図鑑　恐怖の花山町にしたのは、だれだ！
- 夢のズッコケ修学旅行　どんな旅行になるのかな～？
- ズッコケ三人組の未来報告　三人組の20年後、それぞれの運命は？
- ズッコケ三人組対怪盗Ｘ　三人組の名推理に、さしもの怪盗も降参か？
- ズッコケ三人組の大運動会　万年ビリのハカセとモーちゃんが徒競走大特訓！
- 参上！ ズッコケ忍者軍団　風魔正太郎、根来の三吉、伊賀の小猿、参上！
- ズッコケ三人組のミステリーツアー　楽しい旅行が一転して恐怖の旅行に！
- ズッコケ三人組と学校の怪談　花山第二小学校のかくされた真実は!?
- ズッコケ発明狂時代　三人組はエジソンになれるか!!
- ズッコケ愛の動物記　動物の世話をいったい誰が……
- ズッコケ三人組の神様体験　ハチベエに何がおこったのか?!
- ズッコケ三人組と死神人形　次々おきる殺人事件の恐怖!!
- ズッコケ三人組ハワイに行く　夢の島ハワイでみた夢は？
- ズッコケ三人組のダイエット講座　モーちゃんがダイエットに挑戦!?
- ズッコケ脅威の大震災　三人組の住む花山町に大地震が!!
- ズッコケ怪盗Ｘの再挑戦　怪盗Ｘが三人組に挑戦してきた!!
- ズッコケ海底大陸の秘密　三人組が遭遇した海底人とは？
- ズッコケ三人組のバック・トゥ・ザ・フューチャー　三人組の友情の歴史をふりかえると
- 緊急入院！ズッコケ病院大事件　三人組が原因不明の病気に！
- ズッコケ家出大旅行　三人組が家族の横暴に抗議の家出?!
- ズッコケ芸能界情報　三人組がスターに??
- ズッコケ怪盗Ｘ最後の戦い　Ｘの三度目のねらいは？
- ズッコケ情報公開㊙ファイル　市の情報公開を求めた三人組は…
- ズッコケ三人組の地底王国　高取山登山が始まりだった！
- ズッコケ魔の異郷伝説　体験学習で恐怖体験!?
- ズッコケ怪奇館　幽霊の正体　いったい幽霊はいるのか？
- ズッコケ愛のプレゼント計画　有史以来の変事が!!
- ズッコケ三人組の卒業式　三人組の冒険はつづく…

ミドリ市花山町1丁目1−16 TEL (22)1333
花山市営アパート 333
ハカセ（山中正太郎）
月6日生まれ 血液A型 ※近視 右0.4 左0.3
長 140cm. 体重 30.3kg
成績. 国2・算3・理4・社3・音2・図2
体2・家2・
趣味. 読書 理科の実験
きな色. 青. たべものは お茶づけ。
家族. 父 山中真之助 39才
ミドリ商事KK勤務
母 山中美代子 34才
妹 山中道子 9才（4年生）
趣味. 釣り・まんがを読むこと。
好きな色. 緑・たべものはチョコレート
アイスクリーム。
成績. 国3・算2・理2・社3
音3・図3・体1・家4
家族. 母 奥田時子 42才
横田物産KK勤務
姉 奥田タエ子 16才 大川高校一年生
住所. ミドリ市花山町1丁目1−16
花山市営アパート 222
TEL (22) 1222
モーちゃん（奥田三吉）
7月15日生まれ
血液O型
身長158cm
体重63kg
お宮
市営アパート
333号 ハカセ宅
222号 モーちゃん宅
山一丁目
花山
中町
正義館道場
道
ハチベエ宅
八谷商店
中町
無人ふみきり
市電
丁目
旭橋
鉄橋
大川
北大川町
南大川町